JN118198

傲慢アルファと秘書の初恋

Waki Nakura
名倉和希

CHARADE BUNKO

Illustration

秋吉しま

CONTENTS

本作品の内容はすべてフィクションです。
実在の人物、団体、事件などにはいっさい関係ありません。

大勢の中で、一人だけ彼は輝いて見えた。

「悠斗、ほら、あの男だ」

祖父が指さした先には、長身の青年がいた。言われるまでもなく、悠斗は彼が現われたときから気づいていた。彼を見かけるのは、今日で三度目。はじめて紹介してもらえると聞いて、悠斗は朝から緊張していた。

財界人が集まるパーティー会場で、彼はとても目立っていた。

堂々とした体軀を際立たせるオーダーのスーツがとても似合っている。目尻が少し上がった鋭い目には、まさしくアルファの頂点に君臨するかのごとく覇気が漲っていた。鼻も口も大きいが下品ではない。絶妙な配置で整っており、至近距離でゆっくり鑑賞したいくらいだった。

着飾った美女たちが引き寄せられるように彼に群がっていく。

けれど彼は彼女たちを一顧だにせず会場を大股に横切り、悠斗の隣に立つ祖父に頭を下げた。間近で見ると、圧倒されるほどのオーラを放っているのがわかる。悠斗はドキドキする胸を手で押さえかけたが、我慢して直立不動でいた。

「おひさしぶりです、月見里翁、お元気そうでなによりです」

「君も元気そうだな。あちこちに手を広げて精力的に動いていることは聞いているぞ」

紋付き袴姿の祖父は、皺深い顔に笑みを浮かべる。

「わしは君を認めておる。気骨がある若者は好きだ」

「ありがとうございます」

「どうだ、そろそろ父親と和解しては」

「翁、それについては干渉しない約束です」

彼は嫌そうに口を歪めたが、祖父はふふふと笑った。そしてチラリと傍らに立つ悠斗に目を向ける。

「わしの孫、悠斗だ。可愛いだろう。最近、こうして連れ出している。君も見かけたことがあるはずだ。きちんと紹介するのははじめてだが。この子には、つい先日、オメガの判定が出た。ほら、島崎君に挨拶しなさい」

祖父に命じられ、悠斗は「月見里悠斗です」と丁寧に頭を下げた。彼は悠斗を見たが、すぐに興味なさそうに視線を逸らされる。オメガへの蔑みはなかった。けれど無関心もまた悠斗を傷つける。

彼のそうした態度に気づかない祖父ではないのに、構わずに話を続けた。

「君はまだ独身だろう。配偶者候補に、この悠斗はどうだ。釣書を送ったはずだ」

「なんの冗談でしょうか。受け取っていませんね」

彼はフッと笑って目を伏せた。悠斗を視界に入れないようにしていると思った。

「たしかに私は独身ですが、いまのところ仕事で手一杯です。翁もご存じのとおり、先月新たな分野に事業を拡大したばかりですから。私生活を大きく変えるような、そんな余裕はありません。それに、お孫さんはバース検査を受けたばかりなんですよね。中学生ではありませんか」

「婚姻できる年齢まで数年待ってもらうことになるが、君が望むならいつでも輿入れさせることはできる」

えっ、と悠斗はうっかり声を出してしまうところだった。声は抑えられたが表情に驚きが出てしまったのだろう、彼は一瞬だけ痛ましげな目を向けてきた。

つまり祖父は、まだ中学生の孫を将来有望な青年実業家へ人身御供のように差し出そうとしたのだ。悠斗の釣書が本人のあずかり知らぬところで作成され、すでに送られていたことにも驚いた。

彼には惹かれている。この気持ちがオメガの性質から生まれたものなのか、それとも単純に大人の男への憧れからきているものなのかは判然としない。

悠斗は当然、大学まで進学して勉学に勤しむつもりだった。両親とも普通に進路の話はしていた。バース検査の結果がオメガだったからといって、いますぐアルファの元へ輿入れさせられるとは思ってもいなかった。

どうしよう、と悠斗は内心で激しく動揺した。

まさか、祖父はこのために悠斗を連れ回していたのだろうか。おそらく、祖父の思惑を父は知らない。知っていたらパーティーへの出席を許さなかった。帰宅したらすぐ父に相談しなければ——。

「翁、衆目のあるところで不用意な発言はやめた方がよろしいのでは。私のように品格が疑われます」

苦笑いしながら彼はそんなことを言う。

「まあ、いまはバース性だけで将来が制限される世の中ではありませんからね。お孫さんにもきっと婚姻以外の未来が開けると思います」

たしかに一昔前は、オメガの幸福は裕福なアルファのもとへ嫁ぐことだった。発情期の苦痛や強姦(ごうかん)等の不幸な事故を防ぐためにも、それが最善だと考えられていたのだ。

しかしいまはオメガのバイオリズムをコントロールする薬が何種類も開発され、ひろく処方されている。悠斗もバース判定のあと、すぐに専門病院にかかり、体質にあう薬をさがしはじめた。

きちんと薬を飲み続ければ発情期を回避、あるいは制御することができ、普通に学校に通い、就職して働けるのだ。母もオメガなので、悠斗は自分のバース性にそれほど疑問を持たず、悲観することもなく、個性のひとつとしてすんなりと受け入れた。

かつて、オメガはただ子供を産むためだけにアルファに仕える存在だった。そうした時代は長く、いまだに旧態依然とした考えが捨てきれない世代がいる。祖父がそうだったのだ。

彼がはっきりと祖父の言葉を否定してくれ、悠斗は彼にますます惹きつけられる。

「失礼します」

彼は一礼すると踵を返し、颯爽と会場を去っていった。悠斗はつい名残惜しく、彼の後ろ姿を目で追ってしまう。

「月見里翁、少しよろしいですかな」

恰幅のいいスーツ姿の男が笑顔で話しかけてきた。財界の重鎮である祖父には、絶え間なく人が近づいてくる。これ幸いと、悠斗は「お祖父さま、ちょっと……」と祖父に手洗いに行くことを匂わせて声をかけ、会場を抜け出した。

広い通路の向こうは、吹き抜けのエントランスホールだ。手すりから見下ろせば、彼が自動ドアから外へと出ていくのが見えた。行き交う人々が、なんとなく彼に道を空ける。その王者のような歩き方が彼らしくて、悠斗は笑ってしまった。

やっぱり、好きだなと思う。たぶん、この先もずっと、嫌いにはなれないだろう。

悠斗にとってのアルファは、彼だけになりそうな——そんな予感がした。

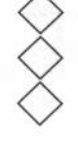

「水谷が入院した？」

社長室に着くなりそう報告を受け、島崎大雅は眉間に皺を寄せた。

副社長の角田誠は、重厚な造りのデスク越しに島崎を睨んでくる。

肩書きは島崎の方が上でも、現場では二人の立場はほぼ同等だった。大学時代の同期で友人でもあるし、この『K&Sカンパニー』の基礎となった会社は、角田の父親が創業者だったという経緯もある。Kは角田、Sは島崎を表している。

「いつ入院したんだ」

「昨日の午後だそうだ。夜に本人から連絡があり、朝一で病院まで行ってきた」

棘のある声でそう言いながら、角田は診断書をデスクに放った。都内総合病院の耳鼻咽喉科が、患者はメニエール病だと診断しているらしい。

「ストレスが原因ではないかと言われている病気だ。通常ではメニエール病だけで即入院とはならないらしいが、水谷さんは栄養失調とも診断された。入院して栄養状態をよくしてから、自宅療養にきりかえた方がいいという医師の意見に従うことにしたそうだ。あの人は独身だからな」

「いつ戻ってくるんだ」

「それはわからん。最低でも一カ月は休ませた方がいいと思う。おまえがこき使いすぎたんだよ。水谷さんはベータで、普通の体力の中年男性だ。アルファの中のアルファであるおまえとはちがうんだ。忘れているようだが、俺もベータだぞ。水谷さんが休みはじめてからの一週間、俺が秘書代行をやってきたが、それにも限界がある。まあ、俺の体調管理は嫁がやってくれているから、なんとかなっているが」

「それは困った。俺のサポートはだれがするんだ」

「少しは水谷さんを心配しろ」

「しかし秘書がいないと困るぞ」

島崎はタブレットで今日のスケジュールを確認した。三日先まではしっかり予定が確定しているが、それ以降は流動的だ。島崎はいつも状況を見て、最適の動きを考える。経済は生きものだからだ。

角田はため息をつき、「たしかに秘書は必要だ」と窓の外に目を向ける。つられて島崎も外を見た。三十階の高さから眺める東京の街は、車も人もごちゃごちゃとしている。

このビルのこの場所に社長室を据えたのは七年前、ちょうど三十歳のときだった。二十歳で傾きかけの会社を任され一年で立て直したあと、がむしゃらに突っ走ってとうとう自分の城を手に入れた。

いまでも島崎は立ち止まることなく走り続けている。自分の感覚としては、それほど秘書を酷使しているつもりはなかった。けれど短いスパンで秘書が交代しているのは、角田が言うようにこき使いすぎているのだろう。

社長室の隣に秘書室があり、数名の社員がそこに詰めている。しかし中堅どころは水谷が最後の一人で、あとは即戦力にはまだ遠い新人ばかりだった。

島崎は今後もやりたいようにやっていきたい。そのためには緻密なスケジュール管理ができる人間が必要だった。

「じつは、つきあいのあるいくつかの人材派遣会社に『秘書』の派遣を打診してみたが、駄目だった。半分は話を聞いただけで能力不足だとわかり、あとの半分は、ウチには派遣できないという回答だった」

「ウチに派遣できないって、どうしてだ？」

「おまえが容赦なく酷使すると悪評がたっているからだよ。それに、見境なく手を出すという噂も流れている」

「酷使するのは事実だが、見境なく手を出すのはまちがいだ。俺はちゃんと選んでいる」

そういうことじゃない、と角田が呆れた顔をする。

「とりあえず、水谷さんが復帰するまで秘書室の新人を使えるように教育するが、そうすぐとはいかない。急場をしのぐためには、やはり外部の力を借りる必要がある」

角田がそう呟き、「長谷川オフィススタッフという派遣会社を、知っているか？」と尋ねてきた。

「聞いたことがある」

島崎はすぐにタブレットで検索した。人材派遣会社としては老舗で、業界内では信用度が高いことがわかった。

「この会社の秘書はわりと評判がいいようだ。契約したことがあるという他社で、悪い話は聞かない。申し込んでみるか？」

「というか、そこしかもうないんだろう？」

角田は「まあな」と疲れたように頷く。

「よし、依頼してみるか」

「わかった」

「ああ、その際にはしっかり条件をつけろよ。譲れない部分だ」

「まだそこにこだわるのか？　いい加減にしろよ」

角田が眉をひそめて不快感をあらわしたが、島崎は譲るつもりはなかった。

条件——それは、ベータの男性に限るということだ。島崎は身近に置く人間は、ベータの男性のみと決めている。長いつきあいの角田は、島崎がなぜそんな決め事を作ったのか、よく知っている。

島崎はアルファだ。十三歳のとき、バース検査で診断された。それ以前から、恵まれた体格と学業の優秀さでアルファではないかと噂されていたから、それがはっきりしただけではあったが。

男女の性別以外にバース性の存在が確認されてから数百年。アルファはベータより数が少ないものの珍しくはない。容姿を売りものにする俳優やモデル、体力がものをいうプロスポーツ選手、そして企業経営者。世界中でアルファはその特性を存分に生かし、活躍している。

島崎の不幸は、アルファにこだわる父親のもとに生まれたことだった。

アルファの診断が下ったときから、山ほどの縁談が集められた。まだ中学生の島崎に向かって、強権的なアルファの父親は、「名家にふさわしい女を選べ」「会社に有利になる相手でなければ駄目だ」と言い、あげくに「確実に優秀なアルファを産むことができるアルファの女かオメガの女ならば、よりいい」「オメガの男はやめておけ。公の場に連れていくことができん」と人権を無視し、バース性しか注目しない考えを押しつけてきた。

島崎の母親はベータだった。バース性に固執しながらもベータの女性を妻に選んだのは、自分が理想とする家柄の中に釣りあう年齢の相手がいなかったかららしい。仕方なく結婚したと、妻がいる場で平気で言えてしまう父親が許せなかった。それとおなじくらい、本来は明るい性格なのに強い夫の後ろで家庭に波風を立てないよう黙って耐えている母親が哀れで、そして恨めしかった。

二歳年下の弟はベータだった。アルファの兄ほどではないが優秀だったのに父親は結婚を強要していない。同居している父方の祖父母はすでに実権を失っており、荒々しい性格の息子の言いなり。

家族の中で島崎のことを守ってくれる人間は、だれもいなかった。

その不満が怒りとなって爆発したのは二十歳のときだ。国内最高学府の学生だった島崎は衝動的に大学を中退し、家を出て、友人の角田を頼った。

ちょうどそのころ、角田の父親が経営する食品工場が危機的状況に陥っていた。大手スーパーマーケットに惣菜(そうざい)を提供していた工場は、材料の高騰と、安さを売りにした同業他社に売り場を奪われ、売上を激減させていた。なりゆきで島崎はアイデアを出した。材料と味にこだわり、安さを追及できない以上、同業他社とスーパーで競っても生き残れない。

ホテルに営業をかけてみてはどうか、と。

高級ホテルではない。島崎はビジネスホテルの朝食に目をつけていた。そして、それは当たった。リーズナブルでありながら一定の質を保った惣菜つきの朝食は、ビジネスホテルの利用客に好評だったのだ。それに惣菜が用意されていれば、ホテルスタッフはそれを温めるだけで済む。ホテルチェーンに採用されると、食品工場はV字回復した。

角田の父親は島崎に感謝し、「私には浮かばないアイデアだった。もう君に託したい」と会社を譲る意志を示した。島崎は驚いたが、引き受けることに決めた。

大学卒業を待って、角田も引き入れた。社名は『K&Sカンパニー』と変更した。

その後、いくつかの食品会社を買収し、いまではコンビニエンスストアの惣菜も手掛けている。島崎は若手の農家育成にも力を入れており、設備投資や品種改良への出資も行っていた。全国の研究所や農家へ、島崎は直接足を運ぶ。そのため一年中飛び回っており多忙を極めたが、角田は島崎の方針に賛成し、全力でサポートしてくれた。まさに二人三脚で会社を育ててきた。

あれからずいぶんとたった。島崎も角田も三十代半ばを過ぎ、四捨五入すれば四十になる。角田は五年前に結婚し、二児の父になった。島崎は家を出たときから父親には会っていない。母親と弟とは連絡を取りあっているが。

父親のことを思い出すと、いまだに冷静ではいられない。息子を種馬のように扱い、言いなりにならなければ平気で手を上げるような男だった。病気ひとつせずに元気そうなのが、余計にムカつく。

島崎はベータの男としかセックスをしない。真性のゲイではないので女と寝ることはできるが、どれだけ慎重に避妊しても妊娠の可能性がある肉体は抱かないように避けてきた。アルファの孫をほしがっている父親へのあてつけのつもりはないが、頭の隅にそうした反抗心があると指摘されたら否定しきれないだろう。

経済ニュースを見れば、父親の動向はすぐにわかる。シマザキ商事株式会社というのが、父親が代表取締役社長を務めている会社だ。創業は第二次世界大戦直後で、戦後のどさくさにまぎれて地方にいくつか山を所有していた曾祖父が木材の商売をはじめた。そのうちセメントなども取り扱うようになり、戦後復興のための建材は需要が高く、島崎家はいわゆる成金になった。二代目の祖父は事業を維持することしかできなかったが、父親の代で都市開発に事業を拡大し、飛躍的に会社は大きくなった。

父親がビジネスチャンスを逃さず、ものごとを見極める能力に秀でていたのはアルファだったからかもしれないが、とにかくシマザキ商事はグローバル企業になった。

自分とおなじようにアルファとして生まれてきた長男に、父親はすべての事業を託したいのだろう。けれど島崎はシマザキ商事に魅力を感じなかった。父親を好きになれないから、彼が心血を注いで育てたものに嫌悪を感じるのかもしれない。

島崎は、このK&Sカンパニーに愛着がある。仕事は楽しく、ワーカホリックと角田に罵られながらも、走り続けずにはいられない。

やりたいことをやるためには、島崎のスケジュールを管理してくれる秘書は絶対に必要だった。

「さて、どんな男が来るかな。使えなかったら返品してやる」

ちょっと楽しみでもあり、憂うつでもあった。

「K&Sカンパニーの代表取締役社長、島崎大雅、ですか」

手にしたタブレットの中の情報に目を落とすふりをして、奥野悠斗はすこし俯いた。

まさかいまこの名前をこんなかたちで目にするとは、と驚いているのを、上司に気づかれたくなかったからだ。

小会議室のテーブルは六人ほどが囲める大きさがある。悠斗の対面に座っているのは、この人材派遣会社『長谷川オフィススタッフ』の社長である長谷川だ。白髪混じりではあるが豊かな髪を緩い七三分けにした長谷川は、老眼鏡を外して「うん」と頷きながら顔を上げた。

「君もK&Sカンパニーはよく知っていると思う。そこの社長秘書をやってくれる人材をご所望だ」

「依頼理由は、社長専属秘書の病気療養……ですか。なるほど」

悠斗は動揺をごまかすために咳(から)と空咳(からせき)をして、タブレットの情報に目を通す。K&Sカンパニーの公式サイトに飛んでみれば、島崎大雅の顔写真が堂々と掲載されていた。見まちがえようがない、あの島崎大雅だった。

「島崎社長は精力的に仕事をするタイプだ。業界内では、秘書の入れ替わりが激しいことで有名だったが、ついに病人が出たようだな。彼は並みのアルファじゃない。この十五年、いや十七年かな、とにかく実家の威光をはね除(の)けてがむしゃらに突っ走ってきた印象だ。病気療養が必要になった秘書が職場に復帰するまで、あるいはあたらしい秘書が見つかるまで、繋ぎとして秘書業務を請け負う人材がほしいと連絡があった」

秘書の入れ替わりが激しい人間は、だいたいワンマンでワーカホリック傾向だ。K&Sカンパニーの社歴を見てみると、島崎が社長の座に就いたときから食品関係の中小企業を積極的に吸収し、急速に事業を拡大させている。急成長した会社にありがちな、社長の意向にふりまわされている社員たちの苦労が想像できた。

長谷川がそこでひとつため息をつく。

「提示された条件は、ベータの男性、とあるんだが――」

「あ、そうですね」

「いまどきバース性を指定するのはタブーだと知っているだろうに」

K&Sカンパニーからの派遣申込書にある特記事項「ベータの男性に限る」という文言は、明確な差別だった。企業としての倫理を問われたとしても、K&Sカンパニーはベータの男性がいいということなのだろう。

「こちらとしてはクライアントの要望に応えたいのはやまやまだ。しかし、いまどきこんな条件を提示してくることは非常識だし、無視していいというのが不文律だ」

悠斗は秘書として、この会社に登録している。『長谷川オフィススタッフ』は、その社名のとおりオフィスに特化した人材派遣会社だ。大学を卒業した三年前から、悠斗は長谷川のもとで働いている。つい先日、半年にわたる秘書代行契約を終えたばかりで、一週間の休暇に入ったところだった。

「休暇中に呼び出してしまって、すまないね。実家に戻っていたのに。登録スタッフの中で空いている秘書が君しかいなかったんだ」

本当に申し訳なさそうに言うので、悠斗は苦笑した。長谷川は悠斗の両親の知己で、信用のおける人物だ。悠斗がオメガであることを知る、数少ない人間の一人でもあった。

「母には頻繁に会っているので、気にしないでください」

「そうか。広美(ひろみ)さんは元気かな」

「母は元気ですよ。このあいだの週末は父が来たので、ひさしぶりに三人で食卓を囲みました」

「そうか、それはよかった」

うんうんと長谷川は笑顔で頷く。

「それで、この件……引き受けてくれるだろうか」

「僕はベータではありませんが」

「君はいままでバース性でトラブルを起こしたことは一度もない。服薬していれば大丈夫だろう?」

「まあ、大丈夫だとは思います」

「K&Sカンパニーからの依頼ははじめてなんだが、じつは推薦者として懇意にしている会社の会長の名前があってね。断ると角が立ちそうなんだよ」

長谷川は困った顔をしている。該当するスタッフがいない、という理由で通常なら断れる依頼なのに、今回はそれが難しいのだろう。

「なにかほかに気にかかるところがあるかい? いつになく返事をためらっているように見えるが」

さすがに長谷川は観察力がある。悠斗はイエスノーをはっきり言う方だ。それに、いままで長谷川が持ってきた依頼を断ったことがない。

「その……今回は大物だなと思いまして……」

「なにを言っているんだい。いままで、もっと大物の秘書をこなしたこともあるだろう。それに、君の父親の方がよほど大物だ」

長谷川に笑い飛ばされ、悠斗は「そうですね」と肯定するしかない。

悠斗の父親は、『Tsukimisato ホールディングス』という大企業の代表取締役社長だ。『Tsukimisato ホールディングス』は四十年前まで『月見里商事』という社名だった。創業は明治時代で、政府の庇護のもと生糸や化石燃料を扱っていたという。月見里家は元華族だった。父親は月見里家の直系男子で、いわゆる御曹司なのだ。『Tsukimisatoホールディングス』は、いまでもエネルギー事業において日本という国を支える重要な大企業のひとつだった。

両親の離婚によって悠斗はいま母親の旧姓、奥野を名乗っているが、十三歳まで都内某所にある月見里邸に住んでいた。敷地三千坪の豪邸には、もう十年以上、行っていない。

そのあたりの事情を、長谷川はすべて知っている。その言葉どおり、たしかに悠斗の父親は大物だ。島崎の依頼を悠斗がためらう理由にはならない。

「わかりました。お受けします」

ここで悠斗が派遣を受け入れても、すぐに島崎の秘書になるわけではない。面談し、依頼者がＯＫを出してはじめて契約が成立する。

「じゃあ、よろしく頼むよ」

立ち上がり、一礼してから小会議室を出た。自分のデスクへと歩いていき、デスクトップのパソコンを立ち上げる。派遣会社のため、おのおののデスクに社員はいない。それでも戻ってきたときに自分の居場所がある方が落ち着くだろうと、長谷川の方針でデスクは割り当てられていた。

悠斗は『島崎大雅』を検索した。公表されているプロフィールからゴシップまでが、ずらずらと出てくる。ほとんどは、すでに知っている情報だった。

顔写真を目にすれば、どうしたって十数年前の記憶が一気によみがえってくる。パーティー会場での島崎は覇王のようなオーラをまとっていた。あのときの会話はすべて覚えている。悠斗にとっても衝撃的なひとときだったからだ。

あれから十二、三年はたっているのに、彼の外見はあまり変わっていないように思える。当時は二十代半ばだったはず。

（老け顔、って言ったら怒られそう。貫禄（かんろく）があったんだよね……）

あのあと、悠斗の生活は一変した。パーティー会場から帰宅してすぐ、悠斗は祖父の思惑を両親に話した。なにも聞いていなかった父親は激怒した。そこまでは予想通りだったが、騒動は離婚問題に発展した。

悠斗の父親はアルファで、母親はオメガだった。二人は政略的に出会ったが、とても仲がいい夫婦だった。アルファにありがちの居丈高なところが父親にはまったくなく、外に愛人もつくらず、ひたすら妻と息子を慈しむ人だった。のちに、それは横暴なところがある祖父への反発だったのではないかと思った。

愛する息子を駒として利用しようとする祖父を猛烈に非難し、父親はオメガの妻と息子を守るために離婚を決断した。親子三人で月見里家を出ればいいというレベルではなかったからだ。完全に縁を切り、父親は妻と子を遠ざけた。

突然の離婚に、悠斗は自分のバース性のせいかと落ちこんだ。両親に申し訳なくてたまらなかったが、慰めてくれたのもまた両親だった。父親はたまに会いに来てくれ、祖父の権力が弱まったら、またいっしょに暮らそうと言ってくれた。母親はもともとのんびりとした性格だったので、その日を待つ態勢になっていた。

生活費は全面的に父親がサポートしてくれていたので、母親は働かずにお稽古事などで趣味を楽しみ、悠斗は好きな進路を選ぶことができた。

定期的にバース性の専門病院を受診し、発情期を抑制する薬を処方してもらう以外は、ごく普通のベータの青年とおなじ生活を送っている。

「最近の薬は本当によく効くわ。飲み続けてさえいれば、発情期なんてほとんど感じないんですもの。それに妊娠したければ服薬をやめればいいだけなんて、便利よね」

母親が感心するほど薬の開発は進んでおり、悠斗も発情期で困ったことはない。国から補助金が出ているので薬代もかからない。

オメガの保護に関する法案が成立したのは、五十年ほど前だ。

薬の開発を国が主導し、多額の予算がつぎこまれた。海外の薬も積極的に承認され、オメガの生活は激変したのだ。そのおかげで、オメガの発情期によるトラブルは巷（ちまた）でほとんど起こらなくなった。

結果、オメガの存在感は希薄になった。

発情期がなくなってしまえばベータと同様に働けるし、厄介なその特性を鎮めるためだけに無理にアルファとつがいになる必要はない。男性オメガは、ゲイでなければベータ男性とおなじく女性と結婚するパターンが多くなった。悠斗もいままで女性としかつきあったことがない。

わざわざ「自分はオメガです」とカミングアウトする者は少なく、悠斗もあえて公表していない。会社でバース性を知っているのは両親の友人で悠斗を小さい頃から知る長谷川だけだった。

そのせいだろう、身近にオメガがいないベータの人たちのあいだでは、「オメガって本当にいるの？」と半ば都市伝説化しているようだ。たまに飲みの席で、酔った者が冗談半分でそんなことを言う。悠斗はそれを苦笑いで聞き流していた。

タブレットの画面に映し出された島崎は自信に満ちた表情をしている。

この男が女性と男性オメガを避けているのは有名な話だ。彼は子供をほしいと思っていない。十数年前、下世話な週刊誌のインタビューで平然とそう答えているのを読んだ。差別的だと人権団体から抗議を受けたらしいが、発言を撤回することはなかった。

公言したのはそれ一回きりだったようだが、派遣秘書のバース性を限定してくるあたり、考え方は変わっていないのだろう。

祖父に連れられていった煌びやかな会場で、島崎は覇王のように堂々と立っていた。まだ中学生だった悠斗は、そんな島崎に幼い恋心を抱いた。強いアルファに無条件で惹かれてしまうオメガの性だったのかもしれない。けれど、たしかに悠斗の胸は高鳴り、目は彼を追った。男に抱かれたいと思ったことはない。それなのに、島崎にだけは組み敷かれたらどれほど重いのかと一度ならず想像したことがあった。

彼がもし、男性オメガを忌避しないアルファだったら、悠斗は結婚相手として選ばれていたかもしれなかった――。

（いや、それはない。彼が結婚を考えたとしても、山ほど縁談があったはずだ。僕なんてその中の一人にすぎない。そもそも、たらればの話なんて、考えるだけ無駄だ）

くだらない妄想だと、悠斗は頭を振る。

秘書派遣の条件に入っていた、ベータの男性という文言。悠斗はオメガだが、いままでの派遣先でバース性がバレて問題になったことは皆無だった。大企業の重役にはどうしてもアルファが多くなるが、フェロモンにあてられて業務に支障をきたしたこともない。薬を欠かさず飲んでいるので、当然、発情期を理由に休んだこともない。依頼書の特記事項を無視して派遣されることに多少の罪悪感はあるが、そもそも職場へのバース性の申告は義務づけられてなどいないのだ。もしなにかのきっかけでバース性を知られたとしても、それを理由に解雇してはいけないと法律で決められている。それに、悠斗には長谷川という味方もいた。

島崎が悠斗の顔を覚えている可能性は低いだろう。悠斗は大人になってあのころの少年ぽさはなくなったし、体格はいくらか華奢（きゃしゃ）だがオーダーのスーツでカバーできている。ごく普通のベータの青年にしか見えないはずだ。

これまでの派遣先となんら変わることはない。

（大丈夫だ。僕はちゃんとやれる）

気持ちを切り替えて、悠斗はK&Sカンパニーの代表番号に電話をかけた。用件を伝えて、秘書派遣の依頼主である副社長の角田に繋いでもらう。たしか角田は島崎の大学時代からの友人だ。

『お電話代わりました、副社長の角田です』

柔らかな印象の声に、悠斗はすぐこの人物が島崎のフォロー役だと察した。

「長谷川オフィススタッフの奥野悠斗と申します。今回のご依頼の件について――」

依頼を受けることを告げ、訪問日時の相談をする。さっそく明日の朝に本社へ行き、島崎と面談することになった。

翌日、約束した時間に自社ビル一階で待っていてくれた角田は、非常に感じのいい男だった。悠斗より十センチは身長が高く、百八十くらいはあるだろう。仕立てのいいスーツと無難な色柄のネクタイ、左手薬指には結婚指輪がはめられている。腹囲が年相応にやや肉つきがよさそうだが、まだメタボというほどではない。

柔和な笑顔は、昨日、電話で話したときの声から受けた印象と一致した。

「はじめまして」

まずは名刺交換をし、「ここまで迷わずに来られましたか」「大丈夫です」「もう十月に入ったのに今日は暑いですね」「明日は気温が下がるみたいですよ」などという雑談を交わしながらエレベーターで最上階の三十階へ移動した。

地下鉄の出入り口近くという好立地に自社ビルを構えるK&Sカンパニーに感心しながら、悠斗は角田のそつのない立ち居振る舞いを観察した。角田の方も悠斗を観察していることなどわかっている。もう面接ははじまっているのだ。

「こちらが社長室です」

角田に案内され、軽くノックしたあとドアを開けてくれた。大きな窓を背に仰々しい椅子に座っていた男が立ち上がる。大きい。彼はこんなに大きかっただろうか。

悠斗は圧倒されてドアの前で立ち止まってしまった。

「社長、お連れしました」

角田が島崎の隣に立つ。角田よりも十センチは高い。ということは、百九十センチはあるのか、と悠斗は単純に体格のよさに驚いた。

「ようこそ、K&Sカンパニーへ。俺が社長の島崎大雅だ」

悠斗はぐっと奥歯を噛(か)みしめて、足を進める。広々とした社長室にふさわしい、立派なデスクを挟んで島崎と対峙(たいじ)する。

「はじめまして、長谷川オフィススタッフから参りました、奥野悠斗と申します」

丁寧に挨拶をし、島崎とも名刺を交換した。島崎は悠斗の名刺をじっと見つめる。

「奥野、悠斗……」

名前を呟かれてギクッとした。まさか十数年前の自分を覚えているのか？

「いくつだ？　若いな」

「二十五歳です」

「大卒だろう。この仕事をはじめてから、まだ三年そこそこか」

ふん、と小馬鹿にしたような目で悠斗を見下ろしてくる。カチンときたが表情に出すほど馬鹿ではない。悠斗は澄ました顔を保った。どうやら悠斗のことは覚えていないようだ。

「たしかに秘書としてそれほど多くの現場を経験してはいませんが、いままでの派遣先ではおおむね仕事内容に満足していただけています」

「口だけならなんとでも言える」

島崎は挑発するような言葉をぶつけてくる。もしかして、わざと気に障ることを言って悠斗の反応を窺っているのだろうか。そうだとしたら、浅はかだ。島崎はもっと頭のいい経営者だと思っていたのに。

悠斗は角田をちらりと見た。このやり取りは角田としてどうなのか。

「えーと、まずは座って話そうか」

眉を八の字にして角田がソファセットへと促してきた。困っている角田をさらに困らせることは本意ではないので、悠斗はソファに座った。

島崎は一人掛けのソファに座り、悠然と長い脚を組む。悔しいが格好よかった。それに彼がドスンと勢いよく座ったとき、ふわりと風が起こって悠斗まで甘い香りが届いた。意外なチョイスだと悠斗はついまじまじと島崎を見てしまう。こんな偉丈夫が甘い印象の強い香りを選ぶのか。もっとスパイシーなものか、ウッド系が似合いそうだが。

いや、もしかして自分で居丈高な態度を取ってしまうことがわかっていて、それを少しでも中和させるために甘い香りを選択しているのかも——。

「こちらが、この先一週間の島崎のスケジュールです」

悠斗の正面に座った角田がローテーブルに紙に印刷したものを出してきたので、余計な分析から意識を戻して手に取った。

びっしりと朝から晩まで予定が詰まっている。このペースで一年中、動き回っているのなら、すべてではないにしろ同行することの多い秘書が——しかもベータだ——体調を崩すのは当然だろう。

「一見してわかるとおり、島崎は超がつくほど多忙です。現場主義で、とにかく自分の目で見て感じたい性分なので」

角田はあいかわらず困った感じで話している。それを島崎は他人事のように聞いていた。

「スケジュールの調整と移動手段の手配、食事の手配、その他もろもろ、専属秘書がいないと回りません。先週まで水谷という社員が担当していたのですが、過労で入院しまして……。急遽、長谷川オフィススタッフに派遣依頼をしました」

「依頼内容は、その社員が復帰するまで、あるいは社内外で社長の専属秘書業務を担える社員が見つかるまでとありましたが、それに相違はありませんか？」

「ありません」

「今回、経験の浅い私が派遣候補に挙がったのは、急な依頼だったため、私しか空いている者がいなかったからです」

わざと、経験が浅いと口にしてみたら、島崎が横目で睨んできた。短気だな、とますます呆れる。

(失望させないでくれよ)

心の中で悠斗はそう呟いた。

「そういう事情ですので、私がお気に召さなかった場合、長谷川オフィススタッフでは依頼をお受けできません」

「いえ、こちらとしては奥野さんに頼みたいと思っています」

角田がぐっと身を乗り出してきた。正面からあらためて顔を見て、おや、と思った。若干の疲れが見てとれるのは気のせいではないだろう。その水谷という秘書が出社できなくなってから、すでに数日たっているはず。そのあいだ、この角田が秘書業務を代行していたのかもしれない。副社長としての仕事もあるはずなのに、大変だ。

「奥野さんの評判は聞き及んでいます。財界に友人知人は多いので。事務仕事の完璧さはもちろん、人当たりがよくどこへ連れていっても落ち着いていて安心感があったと、だれもが君を絶賛していました。さっき島崎が口にした失礼な言葉は、代わりに私が謝罪します。すみませんでした」

膝に手をついて、角田が深々と頭を下げる。それを、「おい」と島崎が不快そうな声で咎(とが)めた。

「なにが『おい』だ。おまえも謝れ。奥野さんが引き受けてくれないと、おまえは自由に動けなくなるぞ。これ以上、俺は面倒みきれない。すでに業務に支障をきたしている。俺が仕事できなくなると、会社が傾くぞ」

「そんな大袈裟な」

「どこが大袈裟だ。おまえが気の向くままにあちこちの会社や工場を買い取ってくるから、こっちは年中フォローしまくっているんだ。そのうえ秘書代行なんてやっていられるか。三日前から家に帰っていない。着替えだけは妻が持ってきてくれて、なんとか体裁はとりつくろっているが――」

「それならいいじゃないか。持つべきものはできた嫁だな」

「あいつの腹には三人目がいるんだよっ」

「え、そうなのか」

「まだ安定期に入っていない。そのうち言おうと思っていた。いま、つわりの真っ最中で、できれば上二人の子供の世話も、俺がしてやりたいんだよ」

「悪かったな……」

しゅんとした島崎が、俯いた角田に謝った。

まるでコントを見ているようだ、と悠斗はあっけにとられた。

このやり取りが演技で、悠斗に二人の関係性と事情を理解させるためのものだとしたら、面白すぎる。島崎の様子に嘘はないように感じるが、角田はどうだろう。強引でマイペースなアルファの島崎を長年支えてきた角田は、きっと喰えない男だ。計算のうちかもしれない。悠斗側からは断りにくい状況にするつもりなら、ほぼ成功している。角田のプライベートには同情するし、なによりもこの二人が共同で作り上げてきたK&Sカンパニーという会社に興味がわいた。

「奥野悠斗」

島崎にフルネームを呼ばれ、ドキッとした。強いまなざしで凝視され、さらにドキドキと心臓が暴れてしまう。なぜこんなに動悸が激しくなるのか、意味不明だ。顔が赤くならないように、悠斗は「落ち着け」と自分に言い聞かせなければならなかった。

「悪かった。さっきの言葉は取り消す」

島崎は角田がしたように膝に両手をつき、頭を下げた。その潔さに、軽い感動すら覚えた。彼は友人のために謝罪したのだ。

「角田がおまえの能力を認めて秘書にと望むなら、俺は受け入れよう。よろしく頼む」

なんだその言い方は、と角田がぶつぶつこぼしたが、悠斗は微笑んで頷いた。

「こちらこそ、よろしくお願いします」

「引き受けてくれますか」

期待マックスの目で角田に確認され、悠斗は「はい」と答える。

「ありがとうございます!」

すぐに必要書類にサインし、長谷川に報告する。

「では、本日ただいまから僕が島崎社長の専属秘書ということで、よろしいですね。まず、K&Sカンパニーが現時点で抱えている子会社と、関係している事業所、取引先などのリストを見せてください」

すでに用意されていたらしく、角田が素早くプリントアウトされたものを出してきた。そこには社名と業種だけでなく、会社の住所と規模、従業員数なども一覧になっている。悠斗はそれをローテーブルに広げ、一週間先まで確定している島崎のスケジュールと照らしあわせた。そしてひとつひとつ、島崎になぜ足を運ぶのか理由を聞いた。

「だいたいわかりました。僕はまず、スケジュールの見直しを提案します。ここと、ここと、ここ。これも省きましょう」

「なんだと？」

島崎が気色ばんだが、悠斗は構わずに続けた。

「これとこれを入れ替えます。ここも、入れ替えが可能ですね。その方が時間の無駄がなくなります」

「なるほど」

角田は頷いて納得してくれたが、島崎は「おい」と横から口を挟む。

「勝手なことをするな。必要だから俺が行くと決めたんだ」

「わかっています。ですから、行くなとは言っていません。会社のトップが現場に足を運ぶ重要性は僕もわかっていますから、できるだけ無駄を省いた動きを提案しているんです。

ここで省いた出張は、来週の後半にまとめて行きましょう」

「いや、俺はこのタイミングで行きたいんだ。いまこの工場では小さいが問題が起こっていて――」

「ではリモートで責任者と話をしましょう。問題解決をそこで話しあい、島崎社長がなんらかの提案をして、その後の様子を来週見に行くというのはいかがですか。この工場と、こちらの会社はおなじ県内です。さらにこの会社も。まとめて一日で回った方が、交通費と宿泊費の削減になりますし、なにより貴重な時間が無駄になりません。移動で時間を浪費するほどバカバカしいことはありませんよ」

悠斗がきっぱり言い切ると、島崎は不愉快そうに黙った。こんなことスケジュール作成の初歩の初歩だ。

「いままでの秘書は指摘されなかったんですか？」

「しましたよ。でも島崎は聞き入れなくて」

角田がため息まじりにそう言った。それだけ島崎が強権的なのだろう。

「僕は前任者のように過労で倒れたくありません。今後のスケジュールをシンプルにするという提案を受け入れてもらえないなら、僕は島崎社長の秘書にはなれません」

悠斗は島崎の目を見て、訴えた。たとえ悠斗が水谷の復帰まで耐えたとしても、こんなスケジュールのままでは先が見えている。すぐに水谷はまた倒れるだろう。秘書を使い捨てるのは褒められたことではない。

「考えを改めてください。社員も人間です。それに、アルファのあなたよりも、みんな体力が劣っているんです。もし、このままのやり方を貫きたいのなら、専属秘書を島崎社長と同程度の体力があるアルファにするか、ベータならば最低でも三人必要でしょうね」

はっきりと言ってやると、島崎は睨んできた。アルファの睨みには威圧感がある。物理的な圧力を感じるほどに強烈だったが、悠斗はツンと澄ました表情を保った。アルファには慣れている。父親がそうだし、いくつもの会社で出会ってきた。

いつまでたっても悠斗が前言を撤回しないので、島崎はムッとしつつも視線を逸らした。

「生意気な若造だな。アルファの秘書を雇ったことがないはずないだろう。俺とあわなかったんだ。俺のやり方にいちいち反発して鬱陶しくてたまらなかったからクビにした。ベータの方が従順で扱いやすい」

まるで下僕を選ぶかのような言い草だ。実際、島崎にとって秘書は下僕なのかもしれないが。悠斗はいままでの秘書たちに同情した。こんな社長の下で働くことになり、どれほど辛(つら)かっただろうか、と。

島崎はため息をつきながら、「仕方がない」と呟いた。どうやら妥協することを選んだようだ。

「もう他に手立てがないらしいからな。しばらくおまえのやりたいようにやってみろ」

「ありがとうございます」

「しばらくだぞ」

「わかっています」

チッと舌打ちした島崎は、安堵して笑顔になっている角田をちらりと見た。悠斗の提案を受けたのは、角田を思いやってのことだとわかる。傍若無人な男だが、友人を気遣うことはできるらしい。

「ではさっそく、スケジュール変更を各所に通達します」

「よろしく頼みます、奥野さん」

やれやれと立ち上がった角田に肩を叩かれる。

「角田副社長、僕のことは呼び捨てでいいです」

「いや、そんな、君を呼び捨てになんてできません。じゃあ、奥野君でいいですか?」

「妥協します」

ははは、と角田は笑った。島崎は仏頂面のまま仰々しいフォルムの社長のデスクに戻り、ハイバックチェアに座る。

彼が動くと、やはりさっきとおなじ甘い香りが漂った。吸いこむと体のどこかがざわざわするような、魅力的な匂い。

もしかしてアルファのフェロモンだろうか、と気づいた。

(念のため、あとで薬を飲もう)

朝と晩に服薬するオメガ用の常用薬以外に、悠斗はつねに頓服薬を携帯している。もしものときのための薬だが、使用したことはなかった。

けれど、島崎はいままで出会ったアルファとなにかがちがうのかもしれない。

悠斗は極力、吸いこまないように気をつけようと思った。

島崎はPC画面にうつし出されたデータをしばらく見つめ、短いため息をついた。チッと舌打ちし、視線を逸らす。画面隅に表示された現在時刻は十九時だった。

「まだ七時かよ」

人材派遣会社から来た奥野悠斗という秘書は、ベータで小柄（あくまでも自分と比べて）だがアルファを恐れず生意気だ。島崎には島崎のやり方があるのに、自分流を押しつけてくる。経験が浅いくせに正当性を主張して引かないから鬱陶しいことこのうえない。

社長室のドアがノックされた。「失礼します」と入室してきたのは悠斗だ。濃紺のスーツに無難な色柄のネクタイを締め、いつ見ても澄ました顔をしている。しかしそのスーツがオーダー品であることに、島崎は気づいていた。

パッと見はどこにでもある量販店のつるしのようだが、近くで観察すれば生地は良質で逞（たくま）しくない体をカバーするような縫製がしてあるのがわかる。季節にあわせたスーツを少なくとも五着は持っているらしい。スーツを褒めた角田との雑談を近くで聞いていて知った。

「さきほど社長のPCにデータを送付しました。目を通していただけましたでしょうか」

「見た。とくに引っかかるところはなかった」

「でしたら、本日の業務はすべて終了です。お疲れさまでした」

悠斗が軽く頭を下げる。

悠斗が島崎のスケジュールに手を入れてから二週間。かなりシンプルになった業務に、サポート役の角田は泣いて喜んだ。ここ数日は定刻で帰宅している。それはべつに構わない。角田の妻には元気な三人目を産んでもらいたいと思っている。

当の島崎は、会社近くの自宅マンションはほとんど寝るためにあるようなものだったのに、リビングのテレビでサッカー観戦しながら晩酌できるほど時間に余裕ができてしまっている。

「もっとなにか仕事はあるだろう。出せよ」

「いいえ、本日はもう終わりです」

「出し惜しみするな。まだ七時だぞ」

「もう七時です。社員のほとんどは帰りました。僕ももう帰ります」

とことん生意気だ。島崎の言うことを聞かない。いままでなら即クビを宣告していたところだが、この男がいなくなると角田が困る。すぐにつぎの秘書が見つかるくらいなら、最初から悠斗はここに来ていない。

ちくしょう、と口の中で悪態をつきながら立ち上がった。帰るしかないようだ。

けれど、まっすぐ帰るにしては時間が余っている。自宅でのんびりする日は週に二、三日あればいいので、むしゃくしゃするときは汗をかいて発散するに限る。

島崎は歩きながらスーツのポケットから私用の携帯電話を出した。悠斗がドアを開き、エレベーターのボタンも押してくれる。セフレの一人に「いますぐ会えないか」とメールを送った。返事は電話だった。エレベーターの中で電話に出る。

『島崎さん？　またオレを呼んでくれるの？　嬉しいんだけど』

弾んだ声でリョウが可愛いことを言う。半年前にその手のバーで知りあったリョウは、二十歳になったばかりのフリーターだ。ベータだが華奢で抱かれ慣れていて、性欲の発散相手にはちょうどよかったので続いている。

悠斗の働きで時間に余裕ができるまでは、月に一回程度しかリョウに会っていなかった。他のセフレとも会っていたので島崎は週に一回はセックスしていたのだが、ここのところそのサイクルが早くなっている。リョウは自分がセフレの中で一番のお気に入りになったと思っているようだった。面倒なので、あえて否定はしていない。

「来られるか？　いつものマンションだ。すぐ来いよ」

通話を切り、ポケットに携帯電話を戻す。視線を感じて振り向けば、悠斗と目があった。どこか咎めるような色があったので、「なんだ、私生活まで管理するつもりか？」と文句を言ったら、悠斗は気圧されたように顔を伏せた。

「いえ、そんなことはしません。プライベートはご自由になさってください」

「でもなにか言いたいことがあるんだろう。お盛んですねとか、セフレは何人いるんですかとか？」

「……ご自宅に連れこんでいるんですか。あまり感心しません」

「そっちか。自宅にセフレごときを入れるわけないだろう。専用の部屋を借りている。そこは週二でハウスクリーニングが来るようにしてある」

「ホテルの方が楽なのでは？」

「ホテルは駐車場から直通の専用エレベーターでもないかぎり、人目につくからな。べつにだれに会っても構わないが、いちいち挨拶したり詮索されたりするのが面倒くさい」

島崎はもういい歳だ。けっこうな場数を踏んできた。その結果、連れこみ専用の部屋を借りることにしたのだ。合鍵を渡さなければ、突然入ってこられることはない。

悪気なく、島崎はエレベーター内の電光表示を眺めながらそんなことを話した。ふと斜め下を見れば、悠斗の頭がある。かたちがいい、小さな頭だ。島崎とは二十センチほどの身長差がある。まったく染めていない漆黒の髪から柔らかそうな耳がちらりと見えていた。

それがほの赤く色づいているのを見つけて、島崎は思わず二度見した。

ちょっと屈んで顔を覗きこめば、悠斗は唇をへの字に曲げ、眉間に皺を寄せている。悠斗にしては珍しい表情に、島崎はついまじまじと凝視してしまった。視線を感じてか、ハッとしたように悠斗は島崎から顔を背ける。

「……ウブなところがあるんだな」

「それほどウブというわけではありません」

キッと睨んできて、悠斗は素早く視線を逸らした。

(なんだ、可愛いところがあるじゃないか)

島崎はニヤニヤと笑ってしまいそうな口元を手で隠した。

悠斗は島崎に対するときはいつもポーカーフェイスを崩さない。他の社員に用事を頼むときや、出先で社外の人間に会うときだけ、ほんのり笑みを浮かべる。ビジネス用とわかる作り笑顔だ。

逆に島崎が予定外のことをしてスケジュールが崩れそうになったときも、怒らない。一瞬だけ困った感じで無口になり、すぐに予定を組み直して各方面に連絡してくれる。若いくせに感情のコントロールができていて、たしかに秘書としての能力は高いと評価せざるを得ない。そういうところも含めて、生意気だと思っていた。

しかし、ここでまさかの感情が漏れ出る点を見つけてしまった。若さゆえなのか、下ネタに弱かったらしい。

「アルファが複数のセフレを持つことくらい、よくあるだろ」

「そんなによくあることではないと思います」

「おまえがいままで秘書としてついていたのは中高年ばかりだったから、もう枯れていたんじゃないか?」

「失礼なことを言わないでください」

悠斗はツンケンと言い返してくる。楽しくなってきた。

「みなさん、奥様を大切になさっていました。もちろん、家庭の外に愛人のような立場の人を囲っている方もいましたけど……島崎社長ほど何人も見境なく、ではありませんでした」

「ひどい言い方だな。見境なくではないつもりだが、まあ、いまのセフレはほとんどソッチの店で知りあっているから、当たらずとも遠からずってとこか？」

「ソッチの店……」

悠斗がエレベーターの壁に向かって呆然と呟く。

「その、現在おつきあいされている方々は男性ばかりなんですか」

「セフレな。全員がベータの男だ」

「ベータの……」

「女も抱けるが抱かないようにしている。万が一、妊娠したら困るからな。オメガもいっしょだ。ちなみに俺はオメガの男を抱いたことがない」

「えっ」

悠斗は素で驚いてしまった。島崎は苦笑いして「驚くほどのことじゃないだろう」と肩を竦める。

「妊娠の可能性があるのなら抱かないに越したことはない」

「はあ、そうですね」

「ベータの男ばかり相手にしているのが嫌か？」

「僕が嫌とか、意見できる立場ではありません。個人の自由です」

「じゃあ、その眉間の皺はなんだ」

指摘すると悠斗は慌てて指で自分の眉間を擦った。やることがいちいち面白い。

「俺がゲイ寄りのバイで、男のセフレを何人もキープしているのは注意事項のひとつとして角田から聞いていただろう？」

「……聞いていましたが、本当に男性ばかりで、これほど頻繁だとは予想していませんでした」

「まあ、たしかにここのところ頻繁にだれかを呼び出してはいるな。それだけ時間に余裕ができたからだ。おまえのスケジュール調整のおかげで」

悠斗は不服そうに唇をちょっとだけ尖らせた。潤いのあるピンク色の唇だ。

「僕は、あまりにも社長がハードワークだったので、いくらアルファでも自宅で寛ぐ時間は必要だろうと考えただけです」

「俺は独身だ。自宅でなにをするって言うんだ。せいぜいサッカー観戦しながら晩酌するくらいだぞ。二日で飽きる」

「なにか趣味はないんですか。まさか仕事が趣味だとでも？」

「よくわかっているじゃないか」

悠斗の眉間の皺が深くなった。するとまた指先で眉間を擦る。皺が気になるのか。島崎に指摘されたから。

悠斗の意外な一面を垣間見て、もっとなにか引き出してみたくなった。からかってみたらどうだろう。

そこでエレベーターが一階に到着した。素早く『閉』ボタンを押し、島崎は扉が開かないようにした。

「社長？」

きょとんとした顔を向けてくる悠斗に向かって上体を屈め、耳元に口を近づける。腰にくる、とあまたの男たちに褒められた低音で囁いてやった。

「そういえば、おまえもベータの男だったな」

ひっ、と息を呑み、悠斗は身を竦ませてエレベーターの隅に逃げた。目を真ん丸にして、島崎を見上げてくる。その頬がじわじわと赤くなっていくのを、仕掛けた方の島崎も驚きとともに見た。

「おい、なんだその反応は」

悠斗は首まで真っ赤になり、瞳まで潤ませる。まるで島崎がセクハラしたみたいだ。いや、したのか。まずいぞ——と、島崎は焦った。騒がれたら困る。辞めたいと言われたらもっと困る。

「冗談だ。からかっただけで、おまえを性的対象にしようなんて思っていない。悪かった」

一歩近づいたところで、ふわりと花のような匂いが鼻腔をくすぐった。ほのかに甘い、春の花のような香りだ。悠斗の香水だろうか。それにしては、朝から何度も顔をあわせているのに、まったく匂わなかった。

（なんだ、この匂い……）

すごく気持ちのいい匂いだ。もっと深く嗅いで確かめたい。島崎は悠斗の首元に鼻を埋めようとして――。

「わぁーっ！」

悠斗に思いきり突き飛ばされた。不意の抵抗によろめいたところ、すかさず『開』ボタンを押され、開いた扉の向こうへと押し出される。一階のエレベーターホールに立った島崎に、悠斗はエレベーターの中から深々と頭を下げた。その顔は真っ赤だ。

「お疲れさまでした！　それでは、また明日！」

いつになく大声でそう言い切り、悠斗は中のボタンをガチガチガチと高速で連打している。おそらく『閉』ボタンだ。

島崎が呆然としているあいだに扉が閉まり、エレベーターは上昇していった。

一階エントランスは無人だった。外に出る自動ドアの向こう側に警備員が立っているだけだ。そこにぽつんと取り残されるように立ち、島崎はしばし動けなかった。

「どうかなさいましたか」

不審に思ってか、警備員が自動ドアから入ってきて島崎に声をかけてくる。ハッと我に

返り、「なんでもない」と返事をしつつ外に出た。玄関前には通年で契約しているタクシー会社の車が待機していた。運転手は顔なじみの男だ。

車の後部座席に乗りこむと、運転手が「ご自宅マンションでよろしいですか」と聞いてくる。夜遊びに行くときは、そのテの地域まで連れていってもらう。連れこみ用のマンションは別宅としてタクシー会社に告げてあるので、そう言えばそっちに向かってくれる。

「今夜は別宅の方ですか?」

そういえば、セフレのリョウを誘ったばかりだった。自分でも意外なほど、その気がなくなっている。なぜだろう。

「……いや、自宅でいい」

「かしこまりました」

ゆっくりと車が動き出す。島崎はポケットから携帯電話を取り出し、リョウにキャンセルのメールを送った。すぐに電話がかかってきたが、抗議を受けつけるつもりはない。これでケンカ別れになっても、とくに惜しい男でもなかったからどうでもいい。

携帯電話の電源を落とし、島崎は車窓を眺めた。

さっきの悠斗とのやり取りを思い出すと、どうしても笑いがこみあげてくる。秘書なんて、仕事さえしっかりしてくれていればいいと思っていたが——明日からちがう楽しみが増えそうだ、と島崎は思った。

悠斗の赤い顔が頭から離れない。そして鼻腔には、まだあの花の香りが残っているようだった。

島崎にとって秘書は空気のような存在で、なくてはならないものだが言うとおりに働いてくれさえすれば存在を意識することはあまりないものだった。

ところが、花の香りがきっかけになり、島崎はその日から悠斗が気になるようになった。そばに寄ればあいかわらずほのかに甘い花の香りがする。島崎にとって心地いい香りだった。いったいどこのブランドのどういった商品名の香水なのか見当がつかなくて尋ねてみたかったが、なぜだか聞いてはいけないような気がしてなにも言えない。

悠斗を注視してみれば、澄ました顔がほんのちょっとしたことで崩れ、笑みを浮かべたり不快そうに眉を寄せたりするのが面白い。ただそれはよく観察していないとわからないほどの変化で、それを見つけたときに島崎はいい気分になった。

一度、角田に聞いてみた。

「香水？　奥野君の？」

角田はしばし考え、「彼、香水なんて使っているか？」と聞き返された。

「おまえ、鼻が悪くなったのか。そう強くはないが、ふんわりと花の香りがするだろう」

「柔軟剤の香りじゃなくて？」

「柔軟剤？」

「スーツはクリーニングだろうが、ワイシャツは自分で洗っているのかもしれない」

そんなはずはない、あれはそんな安っぽい、人工的な香りではなかったと言い返そうとしたが、思い留まった。

秘書の香水が気になっているなんて、まるで悠斗を狙っているようではないか。島崎が遊び相手として選ぶのは、男と寝ることに慣れた、割り切った大人の関係が築ける男だ。悠斗は見るからに初心で、遊び相手には適さない。

もしかしたら角田が言うように柔軟剤の香料かもしれない。島崎はそう思うことにして、悠斗に近づくときはその香りを嗅がないようにしようと決めた。

(やっぱり適度に遊ばないと、調子が出ないな)

今夜はセフレの中のだれを呼び出そうかと、島崎はいくつかの顔を思い浮かべた。

「社長、昼食はどうなさいますか」

悠斗は車の後部座席にいる島崎に尋ねた。都内の食品加工会社に行った帰りだった。

運転席でハンドルを握っているのは悠斗だ。タクシー会社と年間契約をして島崎の送迎は外注しているが、仕事中の運転は基本的に秘書が行っている。

「昼食?　ああ、もう十三時を過ぎているな。どうりで腹が減ったと思った」

タブレットで資料を読んでいた島崎は顔を上げ、ひとつ息をつく。

「コンビニがあったら止めてくれ」

「わかりました」

悠斗は視線を巡らせて、コンビニエンスストアの看板を見つけるとウインカーを出した。

島崎は食品会社を経営しているくせに、自身の食生活にこだわりがない。一人暮らし歴が長いわりに料理はあまりできないと堂々と言う。

仕事中、空腹を覚えるとコンビニに寄り、おにぎりやバナナで腹を満たすことがよくあった。そういうときはだいたい悠斗も空腹なので、好きなおにぎりを買って島崎とともにイートインコーナーや車の中で食べたりする。島崎は食事をエネルギー補給としか考えていないふしがあり、ありあまるほど金があるのにコンビニのイートインコーナーに平気で座った。悠斗は楽でよかったが。

K&Sカンパニーで仕事をするようになってから約二週間がたち、悠斗は島崎をじょじょに見直していた。ワンマン社長であり、そのフォローを角田が懸命にこなしているという図式は当たっていたが、島崎は人情家でもあった。

後先を考えずに中小企業を吸収しているように見えて、じつは経営が思わしくない彼らを救済していたとか、角田には非常に感謝して大事にしたいと思っているとか、社員たちにも気を配っているとか、近くにいなければ知り得なかったことがどんどんわかってきた。

再会時の印象がマイナスだったからか、ささいなことでプラスに転じたという現象もあったかもしれない。そうだったとしても、悠斗の中で島崎は尊敬すべき実業家というポジションを確立しつつあった。

駐車場に車を止めると、島崎はさっさと降りた。コンビニに入っていき、オレンジ色のカゴを持つ。まっすぐ飲料のコーナーへ行くのがガラス越しに見えた。悠斗は車をロックし、遅れて入店する。おにぎりの棚の前に立ち、今日はなににしようかなと迷った。いつも迷うが、結局選ぶのは鮭と昆布だ。

「おまえはコレとコレとコレだろ」

背後からにゅっと島崎の腕が伸びてきて、鮭と昆布のおにぎりを取った。

「俺はコレとコレとコレにする。ゆでたまご、食べるか？」

悠斗が返事をする前に、島崎はカゴに入れてしまう。カゴの中を見ると、いつも島崎が飲むウーロン茶のペットボトルの他に、ジャスミン茶も転がっていた。いつも悠斗が飲むお茶だ。

「どうして」

「おまえがいつも選ぶものくらい、もう覚えた」

ニッと島崎が笑い、「まとめて払っておくぞ」とレジに向かってしまう。意外すぎてぽかんとしているあいだに支払いが終わってしまい、悠斗は慌てて島崎を追いかけた。イートインコーナーに座った島崎は、悠斗の分のおにぎりとペットボトルを「ほら」とカウンターに並べてくれる。

「あ、あの、払います」

「いらない」

「でも」

「たいした金額じゃないだろ。三つ星レストランのフルコースじゃあるまいし」

たしかにそうだ。合計四百円ほどの昼食を奢（おご）ったくらいで島崎は恩に着せることはないだろう。悠斗はありがたくいただくことにした。

島崎はおにぎり三つをあっというまに食べてしまい、ゆでたまごも二口で飲みこんでしまう。ウーロン茶を飲みながら悠斗を横目で見てきた。なんだか食べにくい。

「お待たせしてすみません。食べるのが遅い方ではないんですが」

「いや、俺が早いだけだ。ゆっくり食べろ」

そう言いながら、こんどは遠慮なくじろじろと悠斗を凝視してくる。いままでも何度かこんなシチュエーションはあったが、島崎は悠斗のことなど気にせず、スポーツ新聞を買ってきて読んだり、携帯電話でネットニュースを見たりしていた。

どうしたのだろうか。

「おまえ、口が小さいのか」

「は？」

「なんでもない」

口がどうかしたのか。いきなり人相占いでもはじめたのか。

「香水はなにをつけている？」

「香水ですか?」

口が小さいことと香水はなにか関係があるのか。戸惑いながらも、悠斗はなんとかおにぎりを咀嚼(そしゃく)して飲みこんだ。喉に詰まりそうだ。

「香水はなにもつけていません」

「ワイシャツは自分で洗濯しているのか」

「え? クリーニングに出しています」

「そうか」

島崎が難しい表情で黙りこむ。いったいなんなんだ、と思いながらも悠斗はカウンター上のゴミをまとめてゴミ箱に捨てた。振り返ると、島崎は携帯電話を操作していた。だれかとメッセージのやり取りをしているらしい。

つぎの予定まであまり時間がないので、そろそろ出発したいところだ。悠斗がそう思っていることが伝わったのか、島崎は立ち上がった。

「行こうか」

「はい」

コンビニを出て、車に乗りこむ。エンジンをかけたところで、島崎の携帯電話が震えたのが悠斗にもわかった。すぐに応答した島崎が、「いちいち電話をかけてくるなよ」と相手に文句を言う。

「そうだ、今夜空いてるなら――」

それだけで悠斗はピンときた。島崎はセフレの一人に連絡を取ったのだ。仕事を終えたあと、夜をどう過ごそうと島崎の自由だとわかっていても、悠斗はいささか動揺してしまう。このあいだ、エレベーターではじめてセフレの存在を突きつけられたときから、悠斗は島崎の私生活が気になって仕方がなかった。

ましてや、今日は悠斗がいつも選ぶお茶とおにぎりの種類を覚えてくれていた。島崎にとってたいしたことでなくとも、悠斗は嬉しかった。

「おい、車を出さないのか」

島崎に声をかけられて、悠斗はハッとした。島崎の電話はもう終わったようだ。悠斗は深呼吸してから、ことさら慎重に駐車場から道路に出る。事故にだけは注意しなければならない。島崎のセフレのことなど考えるな、と自分に言い聞かせながら運転した。

その日、なんとか無事に仕事を終えたが、自宅アパートに帰りついてから落ちこんだ。こんなことではいけない。公私をきっちり分けなければ、いつかミスをする。悠斗はあきらかに、島崎を男として意識していた。ゲイではないはずなのに、学生時代には女性とつきあっていたというのに。島崎が圧倒的な存在感を持つアルファだからだろうか。はじめて島崎を見かけた十三年前、もしかしてあのときからずっと、自分は惹かれ続けているのだろうか――。

恐ろしくて答えを出したくないと思った。

十月下旬のある日、悠斗と島崎は羽田空港に来ていた。

搭乗予定の飛行機が飛ばなかったことなど、よくある。そんなことで慌てていては、秘書失格だと思う。けれど今日は、さすがに焦燥感を抱いた。

霧で視界が遮られ、ほとんどなにも見えなくなっている窓を向いたまま、悠斗は動けなくなっていた。

「おい、いつまでそうしているつもりだ」

背後から島崎に声をかけられ、ビクッと肩が揺れてしまう。

「そう警戒するな。同室になったからって闇雲に襲いかかる獣じゃないぞ」

呆れたような口調で言われ、悠斗は俯いた。そんなことはわかっている。島崎はセフレを何人も持っているような性豪だが、好みではない派遣秘書をレイプするようなモラルが欠如した人間ではないだろう。

「先にシャワーを使うぞ」

「どうぞ」

振り向くことなく返すと、島崎がバスルームに入っていく音が聞こえた。

どうしてこんなことになったんだ、とため息をつく。二泊三日の予定で羽田空港から台湾へ出張する予定だった。K&Sカンパニーはほぼ国内産の農産物を使用しているが、部分的に海外産のものも取り入れている。明日の朝一で台北の工場を視察したいと言う島崎の意見を汲み、今日の最終便で発つために羽田まで移動してきた。

欠航になる可能性はあった。天気予報で夕方から霧が発生するかもしれないと言われていたからだ。台風や爆弾低気圧といった暴風雨が欠航の原因のトップなのだが、そのつぎに多いのは霧による視界不良だ。

羽田への移動の最中に、悠斗はタブレットで空港に隣接しているホテルの予約サイトにアクセスした。もし欠航になったら明日の朝一番の便に変更し、今夜はホテル泊にした方が自宅に戻るより楽だと思ったからだ。予定どおりに飛べば予約は不要になるが、キャンセル料をケチって自宅までの往復時間を無駄にするのは、経費節減よりも罪が重いというのが悠斗の持論だった。

過去の出張で、島崎がホテルの部屋のレベルに言及したことはない。旅行ではないのだから寝るだけならシングルでいいと言うので、いつもそうしている。しかし、おなじようなことを考える者は多く、空港直結のホテルのシングルの部屋は埋まっていた。かろうじて、エグゼクティブツインが空いていた。広すぎる、高いだろうと文句を言うかもしれないが、そこは我慢してもらおう。

そこに島崎を泊め、自分は数駅圏内のホテルに予約を入れようとしたが、空いていなかった。しばし考え、離れた場所のホテルで妥協することにした。島崎よりも三十分早く起き、身支度をして迎えに行けばいいのだ。

そして羽田空港に着き、数時間後、欠航が決まった。とうに秋の日は暮れている。悠斗が隣接ホテルのフロントでチェックイン手続きをしたあと、「では、また明日」とタクシー乗り場へ向かおうとしたら、島崎が引き留めたのだ。

「どこへ行くんだ。おまえはここに部屋を取っていないのか」

「空きがありませんでした。別のホテルに予約を入れてあります」

そのホテルの場所を聞かれて正直に答えたら、「微妙に遠いな」と渋い顔をした。

「この部屋はツインだろう。おまえも泊まればいい」

カードキーをひらひらさせながらなんでもないことのように言われ、悠斗は固まった。

島崎とひとつの部屋で夜を過ごす。意識しているアルファと。

眠れるわけがない。空港のロビーで横になった方がマシだ。

あきらかに悠斗の顔色が変わったのだろう、島崎はムッとした表情をした。

「おい、それはどういう反応だ。俺がおまえを喰うつもりだと思っているのか」

「あ、いえ、その……」

「そこまで考えてここに泊まれと言ったわけじゃない。別のホテルなんて面倒くさいから、寝るだけなら泊まれと言っただけだ。それに、まあ、俺はおまえの存在を鬱陶しいと思っていない。生意気だが言うだけあって有能だと思っている」

はじめて自分に関する感想を聞き、悠斗は目を見張った。

「だから一晩くらいおなじ部屋で寝ても、構わないと思ってだな」

「社長……」

「とにかく、来い。こんな濃い霧だと、車での移動は心配だ」

それはたしかにそうだ。タクシーはのろのろ運転になるだろう。事故の危険は高いかもしれない。

「本当に、その、僕を――」

「なにもしない。今日も朝から駆け回って疲れただろう。早く休みたいんじゃないか？」

たしかに疲れている。二泊三日の出張の段取りをしたり、そのあいだ留守にする日本国内での仕事を前倒しして片づけたりと、いつもの澄ました顔をしながらもスーツの下では汗をかいていた。

島崎のその言葉に背中を押され、悠斗は流されるように頷いていた。

しかし、実際にベッドがふたつ並んだ部屋に入った悠斗は、足が竦んだ。冷静を装っているつもりでも動きがギクシャクしてしまう。すぐに島崎に気づかれて、苦笑いされた。

バスルームからかすかに水音が聞こえる。あの中で島崎がスーツを脱いで裸になっていると想像しただけで心臓がバクバクしてきて、叫び出したくなってしまった。疲れていて、すぐにでも眠りたいと思っていたのに、眠気など吹っ飛んでいる。

とりあえず、入れ替わりにシャワーを使うだろうから、スーツケースを広げて着替えを出した。

（そうだ、薬を飲んでおこう）

自分にあうように処方された薬は夕食後にきちんと飲んだが、用心のためにと頓服薬をポーチから取り出す。水を求めてサニタリーへ行くのは駄目だ。どうしようと悩み、部屋に備えつけの小型冷蔵庫を開けてみたら、サービスのミネラルウォーターが入っていた。こんなことといつもならすぐに思いつくのに、かなり冷静さを失っているようだ。

(早く飲まないと)

　ペットボトルを出したところで、バスルームの扉が開いた音がした。

　早い。早すぎる。烏の行水か。

「あっ」

　慌てるあまりに悠斗は薬を落とした。白い錠剤がころころとカーペットの上を転がっていく。最悪なことにベッドの下へ入ってしまった。這いつくばって拾おうとしたところでサニタリーのドアが開いた。

「なにをしている?」

　ハッと顔を上げて、悠斗は唖然とした。島崎は濡れた体にバスローブを羽織っただけの姿だったのだ。張った胸筋は半分以上が露わになっていて、緩く結ばれた腰紐によってかろうじて股間は隠されているていど。

　オーダーメイドのスーツは島崎を着痩せして見せていたらしい。悠斗のスーツとは逆だ。しっかりと筋肉がついた逞しい体躯に目が釘づけになる。噎せるような成熟した大人の男の色気が溢れ出していた。濡れ髪を大きな手でかき上げるしぐさにすら、ドキドキする。ゲイではないはずなのに、どうしたことだろう。目が離せない。島崎の魅力に打ちのめされている。それが猛烈に恥ずかしい。顔だけじゃなく、体が熱くなってくる。

「おい、本当にどうした?」

「な、なんでもないです」

ぐっと唇を噛みしめて視線を断ち切る。しかし立ち上がろうとして膝からカクンと力が抜けた。とっさに島崎が腕を摑み、支えてくれる。

「具合でも悪いのか?」

「ちがいます……」

島崎が悠斗の顔色を窺うように覗きこんできて、二人の距離が近づいた。シャワーで体臭は流されたのか、なにも匂わない。その代わりに伝わってきた高い体温が、悠斗の皮膚を刺激した。

「やっぱり……」

島崎が悠斗の胸元に顔を寄せてくる。至近距離に迫った島崎の顔に驚愕して、悠斗は硬直した。

「おまえ、やっぱり香水をつけているだろう」

「え?」

「花の香りがする。どこか清々しいような、けれどほんのり甘い、花の香りだ」

香水なんてなにもつけていない。このあいだコンビニでも聞かれた。

「すごく、いい匂いだ」

囁くように言われて、悠斗はハッとする。それはきっと悠斗の体臭だ。抑制剤を飲んでいるのに、アルファの島崎はオメガの匂いを嗅ぎ取ってしまったのだ。だが、もしそうだとして、なぜ島崎は悠斗が発している体臭がオメガの匂いだと気づかないのだろう。

まさか、オメガの匂いを知らないのだろうか。いや、過去にオメガに誘惑されたことがあると話していた。オメガといっても、人によって多少匂いがちがうことを知らないのかもしれない。徹底して女性とオメガを避け続けていたというから、オメガの生態を知ろうとしなかったとしても不思議ではない。

そういえば、悠斗も島崎から香るものが気になっていた。やはりあれは香水ではなく、島崎の体臭だったのか。アルファのフェロモンだとしたら――。

「前言を撤回してもいいか」

島崎がぐっと体を寄せて、鼻先が触れあうほどに顔を近づけてきた。逞しい両腕が、悠斗の薄い背中をすくい上げるように抱きしめてくる。胸と腹がぐっと押しつけられ、息を呑んだ。下腹部に固いものが当たっている。

まさか、まさか――。

島崎が勃起している、と気づいたと同時に、カーッと全身の血が沸騰するような興奮を覚えた。燃えるように顔が熱くなり、目が潤んでくるのがわかる。

オメガとして生まれたけれど、いままで男とセックスしたいと思ったことはなかった。それなのに、いま、島崎の興奮を知って、悠斗は歓喜している。

「その気になった」

「社長……」

「おまえを喰いたい」

ニヤリと笑った島崎は、まるで獰猛な肉食獣のように黒い瞳を光らせる。悠斗はなすすべもなくベッドに押し倒された。

「あっ、待って、待ってください、あの」

「待てないな」

島崎は楽しそうな笑みを浮かべながら悠斗のネクタイを解いた。弱々しくもがく悠斗のシャツのボタンを次々と外してしまう。流れるように服を脱がしていく島崎の手を押さえようとしても、なぜか力が入らなかった。

「それで抗っているつもりか？　本当に嫌ならそう言え。すぐにやめてやる」

悠斗はなにも言えなかった。混乱しているが、嫌だと思えなかったからだ。

目を眇めた島崎がぐっと体重をかけてくる。島崎の体は重かった。けれど体重をかけられなくとも悠斗は動けなかっただろう。酔ったように四肢に力が入らない。

「あ、んっ」

島崎がくちづけてきた。いきなり肉厚の舌が口腔に入りこんできて、傍若無人に動き回る。舌を押し出そうとしても逆に搦め捕られ、ねっとりと擦られた。ぞくぞくと背筋をなにかが走っていく。

「んんっ」

胸から鋭い刺激があり、ビクンと全身を震わせる。いつのまにかシャツをはだけられ、露わになった乳首を指で摘まれたのだ。そんなところ、いままで他人に触られたことがない。嫌なのに逃れられなくて、いいように嬲られてしまう。指の腹でこねるようにされたり、押し潰されたりして、そのたびに痛みと快感が同時に襲ってきた。

怖い。こんな感覚、いままで知らなかった。

どんどん気持ちよくなってしまいそうで、恐ろしかった。

「ん、ん、んーっ」

やめてほしいと声を出したくとも、唇は塞がれたままだ。恐れはすぐに現実になった。乳首への刺激はもはや快感としか言いようがなくなり、それは巧みなくちづけとあいまって悠斗を酩酊させた。

口腔内をすみずみまで舐めねぶり、悠斗がとろりと蕩けたところでやっと唇と舌が離れていく。潤んだ視界に、島崎のいやらしい顔があった。

「色っぽい顔になったな。いい感じだ」

鼻歌でもうたいそうな浮かれた調子で島崎は言い、くったりと四肢を投げ出して動けないでいる悠斗を見下ろしてくる。島崎は悠斗のベルトを外し、下着もろとも下肢を裸にした。乳首への愛撫とくちづけだけで悠斗の体は高ぶっていて、剝き出しになった性器は反り返るほどに固くなっている。

「あんまり遊んでいないな。きれいな色をしている。大きさとかたちは、おまえにふさわしい上品さだ」

褒められているのか貶されているのか。言い返す気力などなく、島崎がバスローブを脱ぎ捨てるのを呆然と眺めた。胸筋だけでなく、島崎は肩にも二の腕にも発達した筋肉がついていた。腹部はしっかり割れている。あれほどのハードスケジュールでありながら、いったいいつ鍛えているのだろうか。

そして、股間には黒々とした茂みがあり、そこから立派なサイズのものがそそり立っていた。見慣れている自分のものとおなじ器官とは思えないほど、色もかたちもちがっている。大きくて、長くて太い。性欲の強さを誇示しているようなフォルムだった。

男として悔しいとか羨ましいとか思う前に、その逞しい肉体を目にして、体の奥がズキンと痛いほど切なくなる。

この男がほしい——。そう思ってしまった。

「あっ」

島崎が悠斗の性器に触れてきた。大きな手に包まれて、ゆっくりと上下に扱かれる。もう何年も恋人がいなかったので、他人の手によるひさしぶりの刺激に快感が募っていく。島崎がまたくちづけてきた。キスが好きなタイプなのかもしれない。ねっとりと舌を絡められ、上顎を舐められ、頭の中から指先まで快感でいっぱいになる。

あっというまに射精まで導かれた。ぎゅっと目を閉じて放出しているあいだ、痛いほどの視線を感じた。こわごわと目を開けると、案の定、島崎がじっと悠斗の表情を見つめている。

「いくときの顔も、いいな」

まさかそんな感想を言われるなんて。羞恥のあまり言い返した。

「悪趣味です」

「そうか？　俺は趣味がいいと思うぞ」

悠斗の両脚のあいだに島崎が体を入れてきた。尻の谷間に体液で濡れた手を滑りこまされて、「ひゃっ」と変な声が出た。

「なに？　なにを……」

「なにって、解さなければ入らないだろう」

それを挿入するつもりか、と悠斗は信じられない思いであらためて島崎の股間を見た。ごくりと生唾を呑む。さっきよりも大きくなっていないか？　熟れきったプラムのような亀頭からは、タラタラと先走りがこぼれていた。

オメガとしての本能なのか、体の中に入れてみたい——気もするが、そう簡単に入るサイズではないだろう。

「入らないと思います。僕は、その、男性とは経験がないので」

「だから解すんだ」

「あっ！」

ぐっと後ろに指が挿入された。自分が放出した体液で濡れた指だ。指一本では痛みはないが、はじめての異物感にうろたえる。ぐちゅぐちゅと水音を立てられて、どうしていいかわからない。

「おまえ、本当にはじめてか？　やけに柔らかいぞ」

「はじめてですっ」

反射的に言い返しながら、自分のバース性を突きつけられたようでショックだった。アルファに迫られて、心よりも体が勝手に受け入れる準備をしているのかもしれない。

「ほら、指を二本に増やしても、余裕で入る」

「あ、うっ」

ぐっと奥まで指で抉（えぐ）られ、しかも前立腺を探り当てられて、そこを容赦なく突かれる。びくんと尻が跳ねてしまうほどの衝撃に、悠斗は半泣きになった。

「あ、いや、やめてください、そこは」

「気持ちいいだろ？　男ならみんなここは感じるんだ」

「あっ、ああ！」

「ほら、三本目だ。いい子だな、ちゃんと俺の指を受け入れている」

島崎が言うとおり、そこは入りこんできた異物を柔らかく受け止め、きゅうきゅうと締めつけている。その動きに逆らうように指が粘膜をかき回し、前立腺を刺激した。

「ああ、だめ、やだぁ」

「なにが駄目なんだ、こんなにパンパンにさせて」

悠斗の性器はとうに復活して先端から滴を垂らしていた。それを握られ、また上下に扱かれる。同時に後ろを指三本で弄(いじ)られ続け、とうとう悠斗は二度目の絶頂にいたった。全身を震わせ、半泣きになって射精した悠斗を、またもや島崎は凝視している。

「泣き顔もそそるな」

恥ずかしすぎる。でもまともに声が出せないほど、悠斗はすでに疲労困憊(こんぱい)していた。こんな短時間で二度も射精したのははじめてだったからだ。

けれど、これで終わりではない。島崎がその手で受けた悠斗の体液を、自分の屹立(きつりつ)に塗りこんでいる。そして、悠斗の後ろから指を抜き、綻んだそこに先端をあてがった。

「やだ、社長、いやです。怖い、やめてください、そんなの入りません」

「大丈夫だ、怖がるな、ちゃんと入るから」

「大きすぎますっ」

「可愛いこと言うな。漏れそうになる」

意外な言葉に「えっ？」と気を取られた瞬間、ぐぐっと体重をかけられた。

「あ――……っ」

入ってくる。限界まで広げられた粘膜が痛いほどなのに、その奥にあったのはまぎれもなく快感だった。小刻みに腰を揺すりながら、島崎は奥まで挿入を果たした。腹がいっぱいになった感覚に、悠斗は泣きながら喘(あえ)いだ。

「ああ、いいな……。ちょうどいい締めつけだ。これではじめてなら、おまえの体は才能がある」

一方的にそんなことを言い、島崎は悠斗の両脚を両脇に抱えて動き出した。感じる場所から奥まで、まんべんなく剛直で擦られる。悠斗はすぐに快楽の虜になった。頭がぼうっとしてセックスのことしか考えられなくなる。

「あっ、んっ、ああっ、ああっ」

喘ぎ声が止まらない。

「いいか？　初回で感じられるなら、やっぱり才能があるな」

二度もいかされて萎えていた性器は緩く勃ち上がり、また先端からたらたらと体液を漏らしはじめる。島崎がチッと舌打ちしたのが聞こえた。

「具合がよすぎだろ。この俺が、もう――」

くっ、と島崎が喉の奥で息を詰め、胴をかすかに震わせた。腹の奥に熱いものが叩きつけられるのがわかる。島崎が悠斗の中に射精したのだ。

悠斗は無意識のうちに屹立をくわえこんでいる後ろを締めつけた。逃がさない、とでもいうように。そして両手を伸ばし、島崎の首にしがみつく。

どうしてそんなことをしたのか、わからない。けれど後日、せっかくひとつになれたのに離れたくないと思ったからではないか、と気づいた。

島崎が悠斗の頭を優しく撫でた。

「なんだ、もっとしてほしいのか？　俺も一回じゃ足らない。だが明日は仕事だからな。

あと一回だけするか」

しがみつきながら悠斗は頷いた。体を繋げたまま座位になった島崎にまたがり、悠斗は唇を求める。舌を絡めさせながら、ゆらゆらと体を揺らした。中に出されたものが島崎の性器で粘膜に塗りこめられているような感覚がなぜか気持ちよく、悠斗は陶然とする。

「それが気持ちいいのか」

恥ずかしくて顔を背けたが、返事をしなくとも止まらない動きでわかるだろう。島崎は不規則に下から突き上げては悠斗に嬌声（きょうせい）を上げさせ、乳首に吸いついては鳴かせてきた。

島崎の二度目の放出を迎えたとき、悠斗も三度目の絶頂に達していた。性器からはほんのわずかしか精液は出なかったが、一番の高みへ連れていかれ、一瞬失神するほどの快楽だった。

くたくたになって立ち上がれない悠斗を、島崎はバスルームに運んで、体を洗ってくれた。もう羞恥心などどこかへ行ってしまった悠斗は、すべて任せきって自分ではなにもしなかった。けれど島崎はずっとご機嫌で、口角が上がっていた。

その夜は、セックスに使わなかった方のベッドでくっつきあって眠った。

翌朝、なにごともなかったかのように二人とも前夜の出来事について言及せず、スーツを着て台湾行きの飛行機に乗った。

二泊三日予定の出張が一泊二日になったわけだが、より過密になったスケジュールに島崎は文句を言わず淡々と仕事をする。悠斗もなにも余計なことは考えないようにした。

台湾のホテルでは当然別室で、チェックインしてそれぞれの部屋に入ってからは外に出なかった。すべての用事を済ませて羽田に戻り、タクシーに同乗してまずは島崎の自宅マンションへと向かう。

島崎の自宅マンション前に停車したタクシーに料金を支払い、悠斗と島崎は降りる。

「お疲れさまでした。明日は日曜日ですので、一日ゆっくりしてください」

まだ電車が動いている時間だった。悠斗は自宅まで公共交通機関を乗り継いでいくつもりでタクシーを降りたのだが、島崎に「もう帰るのか」と腕を摑まれてじわりと俯いた。

「上がっていけ。コーヒーでも淹れよう」

はじめて自宅に誘われた。いままで何度も自宅マンション前まで送ってきたが、エントランスの中にすら悠斗は入ったことがない。今夜、誘われるまま自宅に足を踏み入れたらどうなるか、なにも知らない子供ではないのだから悠斗にも想像がついた。

一昨夜の出来事が、全身の肌にありありとよみがえってくる。

「いえ、このまま帰ります。電車がなくなってしまいますから」

震える声で断った。

「泊まっていけばいい」

言われてしまった、と悠斗は目を閉じる。

昨日の朝からいままで、島崎はなにも言わなかった。けれど時折向けてくるまなざしには熱がこめられていて、別れ際に誘われるかもという予感はあった。

悠斗は自分がどうしたいのか、まだ結論が出ていない。

はじめての男とのセックスは強烈な記憶となって残っている。まだ体のそこここに、島崎の感触が染みついて消えていない。ゲイではないはずなのに、島崎に抱かれたくてたまらなく感じた。嫌悪感など微塵もなかった。むしろ、これがオメガとアルファの正しいかたちだと納得するところがあった。

一夜だけなら、衝動的な過ちで片づけることができる。しかし二度目は言い訳ができない。それに、島崎に二度も抱かれたら、もう悠斗は離れられなくなるだろう。

「ほら、来い」

腕を引かれ、悠斗はふらりと歩き出す。島崎の手を振り払えなかった。

覚悟ができないまま、どうしようもなくついていく悠斗に、島崎が魅力的な甘い笑みを向けてきた。胸のどこかがギュッと引き絞られるような切ない痛みが生まれた。

マンションのエレベーターの中で抱きしめられる。手から離れたスーツケースがバランスを崩して倒れた音がした。それに構う余裕はなく、悠斗は無意識のうちに空いた手を島崎の背中に回していた。縋りつくように逞しい胸に顔を埋める。肺がいっぱいになるまで、島崎の匂いを吸った。

それだけで酩酊したような状態になる。

「いい子だ」

顔を上げさせられ、くちづけられた。情熱的な舌の動きは、悠斗をすぐにとろとろに蕩けさせる。エレベーターが目的の階に到着して扉が開いても、夢中になってキスをしていた。

二人が降りないまま、扉が閉じてしまう。けれど運よく他の住人がエレベーターを呼ばなかったおかげで、箱は動かない。やがて、島崎が名残惜しげに抱擁を解いた。逃がさないようにか、悠斗の片手をしっかり握り、手を伸ばして「開」のボタンを押す。ゆっくりと扉が開いていくのを横目に、悠斗の倒れたスーツケースを島崎が起こしてくれた。

「泊まっていけ」

「……はい……」

熱に浮かされた目で島崎を見つめる。悠斗の世界は、島崎一色になった。

十一月の半ばになると、東京はやっと晩秋と呼べる時期になった。夏が年々長くなり、残暑じみた季節がだらだらと続くようになっているのは本当だろう。とはいえ、オフィス内は常に快適な室温に保たれている。

島崎は自社ビルの社長室で仕事に精を出していた。ＰＣに次々と送られてくる書類にくまなく目を通し、確認と承認、必要があればサインをして片づけていく。集中力が冴え渡り、早いペースでどんどん進めていった。

気になる事案については隣室に控えている悠斗や副社長室にいる角田を呼び出し、その都度詳細を尋ねた。角田はもちろん、悠斗も打てば響くような反応をしてくれるので、自分でも驚くほどのスピードで仕事が終わっていく。

「それについては営業部に確認してきます」

内線電話で聞くよりも直接会った方が早いと判断すると、悠斗はさっと社長室を出ていった。その後ろ姿を見送り、角田が感心したように「つくづく有能だな」と呟いた。

「奥野君が来てから、おまえの業務が劇的にスムーズになった。秘書によって、こんなにちがうものなんだな」

「平凡な秘書と有能な秘書の差は大きいってことだ」

島崎はふふんと鼻高々な気分になる。

「なんでおまえが得意げなんだよ。長谷川オフィススタッフに依頼したのは俺だぞ」

「それはそうだが、密なコミュニケーションを取ってあいつと確固たる信頼関係を築いたのは俺だ」

羽田のホテルではじめて悠斗を抱いてから、半月ほどがたっている。その後の二度の週末はもちろんのこと、週の半ばもたいてい一度は自宅に連れこみ、肉体のコミュニケーションに勤しんできた。

男に抱かれるのははじめてだと言っていた悠斗だが、すっかり島崎のセックスに慣れて、抱きしめてキスするだけで入れてほしそうな顔をするまでになっている。でも下品にはならないところが悠斗だ。もう全身くまなく見て舐めつくしているというのに、悠斗はかならず最初は恥ずかしがる。脱ぐことをためらい、顔を赤くし、それでも島崎がほしくてたまらないから葛藤するのだ。そこが可愛い。

つい先日の週末の悠斗を思い出してしまい、島崎はニヤニヤした。

二度目の週末は、悠斗のぎこちなさがなくなり、楽しく過ごせた。

島崎は金曜の夜、仕事帰りに悠斗を自宅マンションに連れこんだ。当然の成り行きだと思っていたし、悠斗もとくに逆らわなかった。それどころか、ビジネスバッグの中に、こっそりと替えの下着を隠し持っていたのだ。それを島崎が見つけたとき、悠斗は耳まで真っ赤になって、恨めしげに睨んできた。

「だって、下着くらいは替えたいじゃないですか。それとも洗濯させてくれますか」

可愛かったので、すぐにスーツを脱がせて抱いた。

ベッドでたっぷりと悠斗を喘がせたあと、気絶するように眠った隙にその着替えを隠した。土曜は昼までだらだらと寝て過ごし、島崎は自分が寝間着がわりにしているオーバーサイズのTシャツだけを悠斗に与えた。下着なしで過ごすことを強要したのは、ただ悠斗が困惑して恥ずかしがる様子を見たかったからだ。立ち歩くたびにTシャツの裾を手で引っぱってオロオロする悠斗は、猛烈にエロ可愛かった。

そしてそんな悠斗に、島崎は何度も興奮して、ところ構わず押し倒した。Tシャツの裾をめくるだけで魅惑の尻が現れる。何度も挿入してさんざんかき回したそこは柔らかく湿っていて、島崎が望むときにいつでもセックスすることができた。

悠斗は「こんな昼間から」とか「キッチンではしたくない」とか言いながらも、結局は島崎を受け入れて色っぽく喘いだ。

彼が「社長」と島崎を呼ぶのも背徳感があってよかった。けれどセックスの最中にまで役職で呼ばれると他人行儀すぎると思ってしまう。なので、抱きあっている最中は名前で呼べと命じた。

「名前？　島崎さん、ですか？」

じつは、島崎は自分の姓があまり好きではない。父親と確執があるからだ。とはいえ、ただのセフレに名前を呼ばせたことはない。呼びたがっても許したことはなかった。

「それは名字だ。俺の名はなんだ？」

自ら名前で呼べと命じたのははじめてのことだった。

「大雅、さん……です」

ぎこちなく口にした悠斗に滾（たぎ）った。即座に押し倒して、閉じる暇もない悠斗の後ろに完勃ちのものを突っこんだ。悠斗はすぐに快感を訴え、朦朧（もうろう）としながら「社長」と呼んだ。

「大雅と言え」

「でも、あの、あんっ」

「ほら、大雅だ」

「た、大雅、さん……」

めちゃくちゃ抱いた。

ベータの男は安心して中出しできるからいい。悠斗も腹の奥にたっぷり出されて気持ちよさそうだった。セックスのあとは毎回バスルームへ運んでやり、自分できれいにするからと抵抗されても、島崎は悠斗を中まで丁寧に洗った。事後の始末をかいがいしく世話したのははじめてだったが、悠斗を羞恥に悶(もだ)えさせるのは楽しかった。

食事は悠斗が作った。悠斗は母子家庭らしく、一人暮らし歴は短いが料理ができた。島崎はまったくダメだ。せいぜい湯を沸かすことくらいしかできない。ほとんど外食かコンビニ飯で済ませている。

悠斗がマンションのコンシェルジュに頼んで食材を調達し、手早く料理するのを眺めながら、二人であれこれとしゃべってキッチンに立つのは楽しかった。

腹が満たされれば抱きあい、疲れたら眠る。悠斗の首筋からはいつもふわりと優しい花の香りがして、セックスの最中には島崎をどうしようもなくそそる匂いに変化した。興奮しすぎると首に噛みつきたくなって困惑することがあった。きっとアルファの本能だろうと、深く考えなかった。仕事を完全に忘れてリラックスできた週末だった。

日曜日の夕方、アパートに帰るという悠斗を島崎は引き留めなかった。名残惜しかったが、島崎の部屋に悠斗の衣類はない。下着だけでなくスーツやシャツを替えるためには、いったん帰るしかなかった。

島崎はマンションの地下駐車場から自分の車を出し、送ってやった。あまり運転しないが、定期的にメンテナンスだけはしてある。はじめて車に乗せたとき、悠斗はとても嫌そうに顔をしかめた。

「こんな目立つ車に乗りたくないです」

たしかに目立つ。黄色いイタリア車だったからだ。

「これしかないから我慢しろ。足がフラついているだろ」

「社長のせいじゃないですか。タクシーで帰ります」

「いいから乗れ」

すったもんだしたが、結局は悠斗が折れて右側の助手席に座ってくれた。信号で停車するたびに通行人から注目され、悠斗は小さくなっていた。そんなに嫌なら国産のコンパクトカーを送迎用に一台買おうかなと柄にもなく考えた島崎だ。

月曜の朝、悠斗は澄ました顔で出社してきた。島崎もビジネスモードに切り替えている。けれど、どうしたって気が緩んだ拍子に思い出してしまう。島崎の腕の中で悠斗は感じすぎて泣き出したり、事後は甘えるようにくっついてきたりしていた。

禁欲的に見えるスーツの下には、柔らかくてあたたかでしなやかな体が隠されている。言葉にせずとも淫(みだ)らな記憶に浸っていることがわかるのか、そういうときはたいてい悠斗がジロリと睨んでくる。ほんのりと頬をピンクに染めながら、「なにを考えているんですか。仕事をしてください」と叱ってきた。

可愛い。二十五歳の男に可愛いという言葉がふさわしいかどうかはわからないが、いまのところ島崎が抱く感想は、それしかない。

「おい、おまえ、もしかして」

角田がデスクに手をつき、迫ってきた。

「まさか、奥野君に手を出したのか」

「遅いな、気づくのが」

「おい〜！」

天を仰ぐ角田に、島崎は笑った。

「勘弁してくれよ。どうしてそう節操がないんだ。あんな有能な秘書、そうそう出てこないぞ。プライベートで揉めていきなり辞められたらどうすりゃいいんだ！」

「どうして揉めると決めつけるんだ。俺たちは非常にうまくいっている」

「それはおまえの主観だろうが」

角田がデカいため息をつき、胸の前で腕を組む。

「島崎、遊ぶなら他でやれ。何人もセフレがいるだろうが。あんな純情そうな子、弄ぶなよ。かわいそうだろう。性欲の発散ならセフレで済ませろ」

セフレという言葉が角田の口から出て、島崎は「そういえば」と考えこんだ。悠斗と関係ができてから、一度もセフレを呼び出していない。いや、もう少し前から会っていない。

（……え？　どういうことだ？）

そもそもセフレを自宅に入れたことはないし、事後の始末をしてやったことなど皆無だった。ましてや自分の車で送っていくなんて、考えたこともない。連れこみ用の部屋は放置されている。

悠斗のことは、最初から自宅に連れこんだ。疑問にも思わなかった。自分のテリトリーに入れてしまいたいとさえ考えていたかもしれない。セックスのあとに洗ってやるのも、最初は男に抱かれることに慣れていない悠斗を気遣ってやりたかったからだ。週末をセフレと二人きりで過ごしたこともなかった。やることをやったら気が済み、タクシー代と小遣いを渡して帰すのが常だった。

もう半月以上、島崎は悠斗しか抱いていないことに、ようやく気づいた。しかも無意識のうちにいままではと真逆のことをしている。

セフレを何人もキープしていたのは、一人に絞ると飽きるし、相手に本気になられると面倒だったからだ。これではまるで、島崎の方が悠斗に本気になっているようだ。

(俺が、あいつに本気だと?)

まさかそんなはずはない、と笑い飛ばそうとしたが、できなかった。

こんどの週末に向けて、悠斗の着替えを一揃(そろ)え購入してマンションに置いておこうなどと考えていたからだ。

「島崎、これだけは確認させてくれ。合意だったんだろうな」

失礼な詰問に、島崎はムッと睨みつけた。

「あたりまえだろうが」

「強引に迫っていないか？　言いなりにならないとクビにするとか、脅していないか？」

「そんなことは一言も言っていない」

「言わなくとも威圧的に迫ればおなじだぞ」

「まあ、最初は少し強引だったかもしれん」

「ほら当たりだ。ああもう、ほらほら、だからおまえは駄目なんだよ！　いくら仕事ができても、そういうところが駄目！　いつか下半身のせいで痛い目を見るぞ！」

「うるさいっ」

「いままで無事だったのは運がよかっただけだ。この下半身男め！」

「おまえだって結婚するまではけっこう遊んでいただろうが」

「なんとでも言え。結婚後はいっさい遊んでいないぞ」

「俺だっていまは悠斗だけだ。セフレにはまったく会っていない」

「え……本当に？」

疑惑いっぱいの目を向けてくる角田に、島崎は「本当だ」と胸を張った。

「それはいつまで続くんだ」

「いつまでもだ」

「信じられるか！　おまえの下半身にはモラルのカケラもない！」

「俺の下半身を勝手に語るな！　これは俺のものだ！」

怒鳴り返したところで悠斗が戻ってきた。社長室の防音は完璧だ。ドアを開けてはじめて島崎と角田が口ゲンカをしていると知ったのだろう、びっくりしている。

「……あの、僕は席を外したほうがよろしいですか？」

「いや、いい。なんでもないから」

島崎が「報告してくれ」と手招きすると、角田の顔色を窺いながらも中に入ってくる。

「営業部に確認したところ――」

悠斗はよどみなく疑問点についての返答を解説してくれ、さらにいくつかのあたらしい話をつけ加えて島崎を満足させた。角田も納得し、副社長室へと引き上げていく。

社長室を出る前、角田が悠斗を振り返った。

「奥野君」

「はい」

角田が重々しく名前を呼んだものだから、悠斗は怪訝そうな表情をした。

「なにか困ったことがあったら、いつでもなんでも遠慮なく連絡してください」

「あ、はい……。わかりました」

いったいなんのことかと悠斗は小首を傾げながらも頷く。角田が出ていってから、問うように島崎を見てきた。

「気にするな。あいつは少しばかり心配性なんだ」

「ケンカしていましたよね。なにかありましたか」

「なにもない」

否定しながら島崎は悠斗の全身を上から下まで目で測った。サイズはMでいいのだろうか。身長は百七十くらいだが、脱ぐと意外に細かった。

「……変な目で見ないでください」

「Mサイズでいいか？　それともSか？」

「なんのことです」

「おまえの服だ。とりあえず下着と部屋着を何着か買っておくから、おまえはスーツを最低でも一着は俺の部屋に持ってこい」

「いきなりなんです？」

「俺の部屋から出勤できるようにしろと言っている」

悠斗は目を丸くして啞然とした。

「な、な、なにを言って……」

「スーツはどこで作っている？　俺が贔屓(ひいき)にしている店で誂(あつら)えてもいいが、おまえのスーツを仕立てている職人の腕もなかなかだと思う。センスがいい。店を教えてくれれば俺がおなじものを何着か注文しよう。下着はともかく……部屋着は必要ないか。どうせ服を着ている暇はない」

だよな、と笑いかければ、悠斗は首から額まで真っ赤になった。あまりにも見事な赤面ぶりに、島崎は思わず噴き出してしまった。

「冗談はやめてください。それに、こんな話、仕事中ですよ」

「冗談のつもりはない」

笑いながらもはっきりそう言うと、悠斗が黙った。島崎に背中を向けて俯いている。

席を立ち、島崎は背後からそっと抱きしめた。色気のあるうなじに唇をつけ、チュッと吸った。嚙みつきたくなる、きれいなうなじだ。悠斗の肌がさざ波のように震える。

「ほら、スーツを作っている店を言え。俺が生地から選んでやる。ベルトやネクタイも、一通り俺の趣味で揃えようか」

「……スーツがオーダーだと話した覚えはありません」

「そんなこと見ればわかる。第一線で仕事をするビジネスマンがスーツに金をかけるのはいいことだ。店はどこだ」

「……僕は、あなたのお気に入りになったんでしょうか……」

「ん？」

悠斗のうなじからは、あいかわらずいい匂いがする。こんなにも自分に馴染む体臭の持ち主がいたなんて、嬉しい驚きだ。

「セフレのみなさんは、お元気ですか」

精一杯の嫌みなのか、それは。

「元気なのかどうかは、知らんな。ここのところだれとも会っていないから」

「えっ……」

悠斗が首を捻って振り返った。どういう意味かと問うような目をする。

「おまえを抱くようになってから、だれとも連絡を取っていない。今後も会うつもりはない。そもそも、自宅に他人を入れたのは、角田とおまえだけだ」

唖然としている顔が無防備で、島崎はその半開きの可愛い口にキスをした。

「もう、おまえだけでいい。連れこみ用として借りていた部屋は解約しよう」

まさか自分がこんな台詞を口にする日が来るとは。

まじまじと悠斗が見つめてくるので照れくさくて仕方がない。けれど悪い気分ではなかった。もしかして結婚を決意するときは、みんなこんな気持ちなのだろうか。

「……嘘……」

「どうして俺がこんな嘘を言わなきゃならんのだ」

「え、でも、え？」

悠斗はおろおろと視線をさ迷わせたあと、じわりと目を潤ませた。

「泣くなよ、こんなことで」

「……泣いていません」

ぐっと唇を引きむすび、悠斗は忙しくまばたきした。島崎は正面から抱き直し、悠斗の背中をよしよしと撫でてやった。細い腕が島崎の背中にしがみついてくる。

羽田のホテルから今日まで、悠斗は二人の関係についてなにも聞いてはこなかった。セフレの一人になったのか、いったいこれはどういう名前の関係なのか――。たぶん、ずっと気にしていたのだろう。

角田が言っていたとおり、悠斗は純情で遊び相手としては不向きだ。いままで島崎がセフレに選んでいた、遊び慣れてスレた男とはちがうのだ。島崎はあの夜、あきらかに遊び慣れていない悠斗に手を出した。角田が驚き、怒るのも無理はない。ほんの気まぐれだった。それがこんなことになった。泣かれても鬱陶しくなく、可愛いと思う時がくるなんて驚きだった。

「俺ももう若くないってことだな」

このあたりで一人に決めろということなのだろう。島崎の胸に顔を埋めている悠斗の黒髪に頬を寄せる。

「本気で好きになったと言ったら、信じるか？」

悠斗が顔を上げた。目尻を赤くした顔がこくこくと小刻みに頷く。

「し、信じます。信じたい、です」

「とりあえず信じろ。おまえだけでいいと言っただろ。まあ、俺の過去の言動からして信じられない気持ちはわかるが」

我ながら最低の発言や節操のなさだった。自覚はある。

「確認だが、おまえはどうなんだ。俺のたった一人の恋人になることに異論はないのか」

「恋人……」

悠斗の頬が赤く色づいていく。さっきは泣きそうな顔をされたし、こんな反応をされたら答えは明確だ。けれど島崎は悠斗の口から聞きたかった。

「おまえは俺のことをどう思っている？」

「……好き、ですよ……？」

蚊の鳴くような声で、しかも語尾が上がった。きびきびと仕事をして言いたいことをズバズバと島崎に言う敏腕秘書とは真逆の様子に、思わず舌打ちした。可愛すぎる。

「くそっ」

あらためて、渾身の力で悠斗を抱きしめる。「苦しいです」と悠斗がもがいたが、島崎は離さなかった。

（可愛いな、ちくしょう）

気が済むまで抱擁して、ここが社長室だと思い出したのは数分もたってからだった。

島崎の腕から抜け出した悠斗は服装も髪も乱れていて、「ずいぶんと時間をロスしました」とプリプリ怒りながら鏡を覗きこんだ。

「とりあえず、着替えを揃えておくからな。これは決定事項だ」

悠斗の後ろ姿に言い放つ。悠斗はちらりと振り向き、すぐに鏡に向き直って手櫛で髪を整えた。島崎の位置から見える悠斗の耳が、きれいな朱色になっていた。

島崎と過ごす週末は、悠斗を人として駄目にするほどの毒性があった。

求められるまま金曜の夜から島崎の自宅マンションへ行き、セックスに溺れた。その数日前に予告していたとおり、島崎は悠斗の着替えを用意していたが、ほとんどを裸で過ごしたのであまり活用されなかった。この事態もまた予想どおりだったけれど。

アルファの体力精力をぶつけられ抱き潰されて起き上がれない悠斗に、島崎は優しく世話を焼いてくれる。そんな状態にした責任があるのだから当然なのだが、「だれにでもこんなふうにするの」と聞いた悠斗に、彼は「するわけないだろ」と呆れたように答えた。

「おまえだけだ」

ドヤ顔でそう言われて、悠斗は内心の喜びを隠して頷いた。

島崎は本当に連れこみ用として借りていた部屋を解約したようだった。携帯電話のアドレスからセフレの連絡先をすべて削除したとも言っていた。島崎の携帯電話を覗き見したいとは思わないので、それが事実なのか確認することはできないが、信じようと思った。

土曜も日曜も、昼近くまで寝ていることが多い。島崎のベッドで、体のどこかをかならずくっつけあって全裸で眠っていると、このままいつまでも寝ていたいと自堕落な願望が頭をもたげてくる。島崎は体温が高く、寄り添った状態で肌触りのいい毛布にくるまっていると幸せを感じた。

でも悠斗は起きなければならない。

（薬を飲まないと……）

オメガの抑制剤を飲み忘れると大変なことになる。実際に飲み忘れたことがないので知識でしか知らないが、現在一般的に使用されている抑制剤はたった三日、服用を中止しただけで発情期が戻ってくるらしい。オメガが望めばいつでも妊娠できるようにするためだとか。

島崎は悠斗をベータだと信じている。妊娠は絶対に避けなければならなかった。

悠斗が身動ぐと、島崎が寝惚けた声で「どこへ行く」と引き留めてきた。

「トイレに行くだけです」

「歩けるか？」

悠斗は慎重にベッドから下りて床に足をつけてみた。ゆっくりと立ち上がる。なんとか歩けそうだ。体が慣れてきたのだろう。はじめての週末を迎えたとき、悠斗は腰が立たなくなった。実際にセックスのやりすぎでそうなるなんて、驚きだった。

「大丈夫そうです」

そうか、と島崎はあくびをしている。悠斗はTシャツを着ると、寝室の隅に置いてあった自分のビジネスバッグを開けた。金曜の夜の仕事帰りに直接ここへ来たので、カバンは黒革製の味気ないビジネスバッグだ。父親が就職祝いに贈ってくれたものなので高品質で使い勝手がいい。

バッグの内側のポケットに手を突っこみ、音を立てないよう、ピルケースから錠剤を一個だけ取り出した。ベッドを振り返れば、島崎はこちらにまったく注意を払わず、まだとろとろと浅い眠りを味わっている。

悠斗は素早く寝室を出て、キッチンへ行った。水道水で薬を飲み、ホッと息をつく。

薬は朝晩、一日二回、飲まなければならない。島崎に見つからないように飲むのが最大のミッションとなっていた。もし見つかったら、アレルギーの薬だとでも説明しておこうとは考えている。シートごと持ち歩くと薬の名前を知られてしまう恐れがあるため、すべてシートから出してピルケースに入れるようにしていた。

キッチンカウンターの上にあるコーヒーメーカーをセットしながら、まとわりつく罪悪感にため息をつく。

このままずっと、オメガであることを隠し続けるのか。

発情期さえ来なければ、ベータと変わらない生活が送れるのは確かだ。けれど、悠斗はもう本気で島崎を愛してしまっている。抱かれる喜びは日に日に深くなり、島崎のいない生活は考えられなくなっていた。

バース性を隠しておくことが重荷になっている。いまさら、じつはオメガだと打ち明けて、島崎は許してくれるだろうか。騙(だま)されたと激怒するのではないだろうか。

黙ってさえいれば、この幸福はなくならない。悠斗が、好きな人を騙しているという罪悪感に耐えられるのならば。

コーヒーメーカーが静かにコポコポと小さな音を立てている。コーヒーの豊かな香りが漂ってきた。

「いい匂いだな」

寝室から島崎が出てきた。上半身裸でパジャマのズボンだけを穿いている。逞しい胸や肩を直視できなくて、悠斗は視線を逸らした。

「悠斗、こっち向けよ」

声が笑っている。島崎は悠斗を背中から抱きしめてきて、髪にキスを落とした。島崎からふわりと体臭が香ってくる。昨夜の名残を含んだ、甘ったるい匂い。

「俺の裸くらいもう見慣れただろ。一応、下は穿いてるし」

「背中に擦りつけないでください」

固くて熱いものが、布地越しにぐいぐいと悠斗の背中に当たっていた。昨夜あれだけしたのに、元気すぎて引いてしまう。これで十二歳も年上なのだ。

「大雅さん、やめてください」

柔らかくなったまま戻っていない悠斗のそこは、圧をかけられたら容易に開いてしまう状態だ。島崎のそれはもうじゅうぶんな硬度に育っていた。

「どうしてそんなに固くしているんですか」

「朝だから」

「もう昼です」

「寝起きだから」

「いまはしませんよ。お腹が空きました。なにか食べましょう」

「俺はおまえを喰いたいな。Ｔシャツしか着ていないってことはＯＫなんだろ？」

「これしか着るなと言ったのはあなたですっ」

「なんだかんだ言いながら従ってくれる悠斗は、本当に可愛いな」

Ｔシャツの裾がめくり上げられ、臀部をいやらしく揉まれた。それだけで腹の奥が疼く。アルファの精がほしいと体が勝手に潤んでくる。薬を飲んでいてもこれだ。発情期になると、いったいこの体はどうなってしまうのだろう。悠斗は一度も発情期を迎えたことがなかった。

「悠斗、いい子だから、俺を受け入れてくれ」

島崎の声が興奮している。尻を揉んでいた手が谷間を広げ、そこに剝き出しにされた性器が割りこんできた。すっかり慣らされた後ろの窄まりは、食むように動いて屹立の先端に吸いつく。

こんな体になってしまってどうしよう、と戸惑いながらも、島崎の求めに応えずにはいられない。

悠斗は観念してカウンターに手をつき、尻を突き出すようなポーズをとった。挿入しやすくなったのだろう、島崎が嬉々として腰を進めてくる。粘膜が擦られ、たまらなく気持ちいい。島崎も官能的なため息をついていた。

「ああ、おまえの中はいい……」

島崎が悠斗の体で快感を得てくれている。嬉しかった。島崎はそれほど時間をかけずに悠斗の中に射精した。悠斗はいけそうでいけず、その場で島崎にフェラチオされた。後ろから溢れ出てきた体液で内股を濡らしながら、キッチンの床に膝をついた島崎に口淫される背徳的な光景に、たまらなく興奮してしまった。

「おまえだからフェラするんだからな。ありがたがれ」

島崎は偉そうにそう言ったが、ふらふらになった悠斗をバスルームに運んでくれた。洗ってくれようとする島崎をバスルームから追い出し、きれいにしてから戻ると食事の用意があらかたできていた。

ハムエッグとトースト、サラダとカットフルーツ。いつものブランチメニューだ。ただし島崎の前には三倍の量が盛られていた。島崎は体格に見あった量を食べる。

湯を沸かすことくらいしかできなかった島崎だが、悠斗の手元を見ていただけですぐにこのくらいはやってくれるようになった。覚えが早くて器用なのは、さすがアルファただと感心する。

「食べたらまたやるぞ」

ニヤリと笑う島崎は本気そうだ。悠斗は呆れた目を向けつつも、やはり嬉しく思ってしまう。どれだけクタクタに疲れていても、島崎に抱きしめられてキスされると、どうなっ

てもいいと身を任せてしまうのだ。

島崎が注文した悠斗のあたらしいスーツはまだ届いていない。

仕事中、外回りの合間に二人で店まで行き、島崎が生地を選んだ。いつも仕立ててもらっている馴染みのテーラーは父親の紹介だった。富裕層を顧客に持つ店なので、おそらく島崎の素性も見当がついていただろうが、さすがプロ、悠斗になにも言わなかった。

冬用のスーツは急ぎで、春用のものは年明けでいいとあわせて三着も注文した島崎が店員に話すのを、悠斗は内心慌てながら聞いていた。

店からの帰りの車で、悠斗は島崎に「二着分は払います」と言ったが一蹴された。島崎が選んだのは値が張る生地ばかりで、三着合計で百万円近かった。最初から島崎が「誂えてやる」と言って店へ行ったのだが、まさか三着も注文するとは思ってもいなかったのだ。

「俺は最初から何着か買うつもりだった。クリスマスプレゼントだ。受け取れ」

「でも高価すぎます」

「恋人へのプレゼントをケチってどうする。いいから黙ってもらっておけ。俺はいま、いい気分だ。春になったら、夏のスーツを作ろう」

「……ありがとうございます」

先のことを当然のように考える島崎は、悠斗と長くつきあうつもりでいてくれている。嬉しくて目が湿ってきそうだった。

「年末年始の休みは全部俺のためにとっておけ」

「十二月二十九日から一月三日までですか」

「二十八日の夜からだ」

一カ月先の予定を当然のように口にする島崎に、悠斗は面映ゆい思いを抱えながら、「はい」と返事をした。

「では、次の週末は実家に帰らせてもらってもいいですか。年末年始の代わりに」

「なんだと？」

島崎は気色ばんだが、以前、悠斗が母子家庭だと言ったのを覚えていたようで、「仕方がないな」と許してくれた。

「実家はどこだ」

「都内です」

「だったら半日で済むだろう。顔を出したらすぐ俺の部屋に来ればいい」

「大雅さん……」

実家の帰省は片づけ仕事ではない。

母親の広美は一人暮らしだ。まだ五十代になったばかりで元気だし、父親が経済的な負担をしているので日常生活の心配はないが、一人息子の悠斗はいつも母親を気にかけていた。島崎とこんな関係になる前は、頻繁に帰って様子を窺い、時にはどこかへ遊びに連れ出したりもしていた。

島崎は口をへの字に曲げ、しぶしぶといった感じで頷いた。

「わかった。帰省して親孝行してこい。ただし、年末年始は俺のものだぞ」

念を押され、悠斗はつい笑ってしまった。

その数日後、ひさしぶりに自宅アパートで過ごした週末は、新鮮な感じがした。

金曜の夜はゆっくりと寝て、土曜日の午前中は家事をした。あたりまえだが、島崎の気配がない。彼の視線や体温、匂いを感じながら週末を過ごすことに、すっかり慣れてしまっている。自分からこの週末は島崎のところへ行かないと決めたのに、寂しかった。

昼過ぎに、電車を乗り継いで実家のマンションへ行った。

管理人とガードマンが常駐している分譲マンションは、もちろん父親が購入し、慰謝料として母親へ渡したものだ。交通の便もよく、徒歩圏内にスーパーマーケットも総合病院もある。離婚した十二年前から、ずっと母親はここに住んでいる。悠斗も就職を機に一人暮らしをするまで九年間、ここで暮らした。

「悠斗、お帰りなさい」

「ただいま」

玄関を開けてくれた母親は、柔らかな笑顔で迎えてくれた。茶色っぽいふわふわの髪は肩の長さで揃えられ、薄化粧をほどこした顔の肌艶はとてもいい。秋らしい無地の焦げ茶色のシャツと芥子(からし)色のフレアスカート、白いもこもこのスリッパがよく似合っていた。

「晩ご飯は食べていく？」

「そうだね、ひさしぶりに母さんの料理を食べたいな」

リップサービスではなく悠斗がそう言うと、広美は嬉しそうにふふと笑った。

「これ、お土産」

母親の好きな洋菓子店でスイーツを購入し、持ってきた。

「あら、ありがとう。お茶を淹れるから、いっしょに食べましょうか」

「父さんの分もあるよ。来るんでしょ？」

「来るわよ」

当然といった口調で母親が頷いた。悠斗が帰省するとき、父親はできるだけ会おうとする。父親は悠斗の連絡先を知っているのだから、会いたければ呼び出してくれればいいのだが、そうした機会を外で作ろうとはしない。父親は悠斗の身を守るために離婚し、妻に親権を渡した。息子と縁を切ったと周囲に思わせたいのだろう。

けれど頻繁に広美のマンションへ足を運んでいたら、そんな工作は無意味だと思う。父親なりの意地があるのかもしれない。

「何時頃に来るって？」

「朝から千葉の方でつきあいのゴルフがあって、ハーフだけ回ってランチしてから来るって聞いているけど」

それならまだ少しは時間があるだろうか。

国産の栗がふんだんに使われたケーキを食べながら、まずは他愛のない話をする。

「カルチャースクールでフラをはじめたんだろ？　続いてる？」

「続いているわよ。フラってね、ゆるーく動いているようで、とっても難しいの」

広美はフォークを置いて座ったまま両腕を動かしてみせた。自然現象や感情を手の動きで表現するらしい。講師のダンサーは定期的に福祉施設や教育機関で公演をしていて、上達してきたらそのメンバーに入れてもらえるかもしれないと楽しそうに話す。

「恭平さんたら、私がメンバーになったらこっそり見に行きたいなんて言い出すのよ。部外者は立ち入り禁止だし、恥ずかしいから嫌だって言ったら拗ねちゃって」

恭平とは悠斗の父親のことだ。息子が参るほど、二人は仲がいい。自分のバース性のせいで離婚させてしまったことを、悠斗はいまでも申し訳なく思っている。それを口にすると両親が悲しむとわかっているので、言わないようにしているけれど。

「お仕事は順調なの？　長谷川さんはお元気？」

「長谷川社長は変わりなく元気だよ。仕事もとくに問題なくやってる」

その仕事関連で悩みがあるのだが——。ケーキにフォークを刺しながら、さりげなくバース性についての話題を出した。

「母さんは、父さんとお見合いだったんだよね？」

「そうよ。私がオメガだからって両親が勝手にアルファを探してきたの。まだ二十歳だったのよ？　大学を卒業したらすぐに結婚させるつもりだったみたい」

父親は元華族の流れを汲む名家の御曹司だが、広美もまた良家の令嬢だった。五十代になっても浮世離れをした印象の強い広美なのだから、当時はどれほど危なっかしかったのだろうか。母方祖父母が早く結婚させようと考えたことを非難できない。

「何人もアルファの男性と会わされたわ。でもピンとこなかった。相手が一方的にピンときて迫られたことは何度かあったけど」

うふふと広美は懐かしい思い出として笑ったが、実際には笑えない状況だっただろう。いまでも笑えない。父親が広美のスケジュールを完全に把握していて、外出時にはこっそり護衛をつけていると聞いていなければ、悠斗も心配でたまらなかっただろう。傍から見たら、広美は裕福なアルファから莫大な慰謝料をもらって別れた、優雅な生活を送る独身女性なのだ。

「お見合いは面倒臭かったけど、いつかは結婚しなくちゃいけないと思っていたから、両親の顔を立てるつもりで会っていたの。そうしたら、何人目かのお見合いで恭平さんと出会ったのよ」

ほんのりと白い頬をピンクに染め、広美はうふふと笑う。

「一目で、この人だ！　とピンときたの。恭平さんもそうだったみたい。あのときの衝撃は忘れられない。私、『運命のつがい』って本当にいるんだと思ったわ」

運命のつがい。幼いときに何度か、広美の口からその言葉を聞いた。

『パパとママは運命のつがいなのよ。ママはとっても幸せ』

子供心にもそう言って微笑む広美は美しいと思ったし、そんな二人のあいだに生まれた自分も幸せだと感じた。広美のうなじには父親の噛み跡があり、それを誇らしげに見せてくれる母親は素敵だった。

けれど悠斗がオメガだとわかったとき、広美は言葉を慎重に選びながら諭してきた。

『あなたにも運命のつがいがいるかもしれない。でも、オメガとして生きなければならないなんてことはないの。バース性に縛られなくてもいいのよ。大人になったとき、バース性に関係なく好きになった人と愛を育み、幸せになって』

たしかにオメガ用の薬の開発はどんどん進み、日常生活で困ることはほとんどない。ベータとして生きていくのに、なんら支障はなかった。だから悠斗は女性の恋人をつくったし、ベータとおなじように仕事をしている。

島崎とこんな関係になってしまうまでは、それでいいんだと思っていた。

「あの……母さん」

「なあに?」

「父さんと他のアルファはなにがちがった? 一目でピンときた以外に、なにかあった?」

「体臭かしら」

即答されて、悠斗は思わず目を閉じた。衝撃を隠すことができず、俯いて両手で顔を覆う。そんなこと知らなかった。

「恭平さんだけは、とってもいい匂いがしたの。うっとりするようなホッとするような、不思議な匂い。いまでもそれは変わらないわ」

あの、島崎から漂う、たとえようもないほど心地いい体臭。一日中でも嗅いでいたいほどの匂いは、もう脳に記憶されている。K&Sカンパニーの社長室で再会したときから、あの体臭は悠斗を惹きつけていた。

「悠斗……？」

怪訝そうな広美の声に、なにか返さなければいけない。わかっていても言葉が出てこない。広美が席を立ち、悠斗の隣の椅子に座り直した。そっと背中を撫でられて、なにかがあったと悟られたのだと落ちこんだ。

母親に心配をかけたくなくて、あくまでも雑談の中でオメガから見たアルファについて尋ねようと思っていたのに、とりつくろえなかった。

広美の柔らかな手が悠斗のうなじのあたりに触れた。後ろ髪はワイシャツの襟に触れない程度に短く保つようにカットしている。いまは私服のハイネックのセーターを着ていた。

「噛まれたわけではないのね？」

うん、と頷く。

「男の人？」

逡巡（しゅんじゅん）したあと、うん、ともう一度頷いた。

「そう……。それは混乱するわね」

悠斗がいままで女性としかつきあったことがないのを、母親は知っている。

広美はひとつ息をついてから立ち上がり、無言で紅茶を淹れ直してくれた。熱い紅茶がカップに注がれ、それを悠斗はゆっくり飲んだ。強張っていた体が、静かに解れていく。

広美は悠斗の正面に座り直し、「辛いの？」と短く聞いてきた。

悠斗はしばし考えた。自分は辛いのだろうか。

「……幸せを感じることの方が多いよ。でも、彼は僕をベータだと思っている。隠していることが辛い。彼は子供がほしいと思っていないから、ベータの男性としか寝ない人なんだ。まさか、こんな関係になるとは思ってもいなかった。仕事関係で出会ったから」

「派遣先の人なの？　長谷川さんには相談した？」

「言えないよ」

長谷川の信頼を裏切ったのだ。はじめて島崎に抱かれた夜、長谷川の顔が脳裏に浮かんだが、抑止力にはならなかった。悠斗は肉欲に負けたのだ。長年、世話になっておきながら、申し訳なくてたまらない。

「会わせる顔がないという気持ちはわかるけど、打ち明けておくべきだわ。いざというときに悠斗を守ってくれるのは、長谷川さんよ」

広美はしごく冷静に諭してくる。おなじオメガだからだろうか、悠斗の複雑な心境を理解しつつ、年長者として常識を説いてくれる。ふわふわとした女性ではあっても、オメガとして何十年も生きてきたのだ。悠斗よりもずっと、肝が据わっているのかもしれない。

「悠斗、すぐにそのお相手にバース性を打ち明けなきゃならない決まりはないわ。でも、長谷川さんにはできるだけ早く話した方がいいと思う」

そこでピンポーンと電子音が鳴った。インターホンから父親の声が聞こえてくる。到着したらしい。

「それは、うん、大丈夫。気をつけているから」

「薬は欠かさず飲みなさいよ」

逃げてばかりはいられない。機会を見て話そう。

「……うん、そうだね」

「悠斗、そのお相手のこと、とうぶんのあいだは恭平さんに話さない方がいいわね」

広美がふふふと含み笑いしながら提案してきたので、悠斗は「もちろん」と頷く。

父親は一人息子の悠斗を溺愛してくれている。だからこそ離婚してまで守ろうとしたのだ。悠斗が学生時代にベータの女性とつきあったとき、それはそれは喜んだ。自分がアルファでオメガの女性と結婚しておきながら、一人息子をアルファに渡す気はさらさらないとはっきり言っている。

父親は実業家としての島崎をたぶんよく知っている。十数年前、祖父が無断で悠斗の釣書を島崎に送ったことも、悠斗が話したから知っている。

もし父親に悠斗の相手が島崎だと知られたら、血の雨が降るかもしれない――。

強いアルファ同士の対決なんて、怖くて見たくない。

島崎との関係がいつまで続くかはわからないが――別れを想像するだけで泣きたくなるほど悲しいけれど――父親には秘密にしておこう、と悠斗は思った。

「お母さんは、あなたの味方よ。困ったことがあったら、いつでも頼ってね」

父親が玄関を開けて「ただいま」と元気よく入ってくる物音を聞きながら、広美がこそっと囁いてくれた。

◇◇◇

島崎はリビングのソファにだらっと座り、テレビのニュースをなんとなく眺めていた。つまらない。一人きりの週末はこんなにつまらなかっただろうか。

手持ち無沙汰でたまらない。悠斗がいれば、いつでも抱き寄せたり膝に乗せたりできるのに。

悠斗と過ごすようになる前の週末はいったいなにをしていたのか、と疑問に思ったが、記憶を探るまでもない。仕事をしていただけだ。休日など必要ないとばかりに予定をあれこれ入れ、そこに秘書も引っ張り出していたから過労で倒れられていたのだった。

悠斗はいまごろ実家で母親の手料理でも食べているのだろうか。

島崎は母親の手料理というものを食べた記憶がない。家には複数の使用人がいて、家事はすべて分担されていた。調理師免許を持った者が厨房を担当し、ハウスクリーニング会社で長年働いた経歴のある者が掃除をし、衣類はクリーニング界で表彰された経験のある者が完璧に仕上げてくれていた。生まれたときからそんな生活をしていたので、島崎は疑問に思わずに暮らしていた。

食卓にはつねに何品もの料理が並び、旬の食材がふんだんに使用され、食器は父親の好みの有田焼が多かった。料理は不味くなかったと思う。けれど、とびきり美味しいと感じたこともなかった。雑談を許さない父親を意識しながらの静かな食卓は、テレビのドキュメンタリーで見た寺の修行僧の食事風景に似ていた。

悠斗がありあわせの材料で作る料理の方が美味しかった。

「……いかん、悠斗のことばかり考えてしまう……」

島崎はローテーブルの隅に置いた携帯電話をちらりと見た。金曜の夜に『おやすみなさい』というメッセージが届いて以来、悠斗からはなにも連絡がない。

「おはようとか、いまなにをしているかとか、一言くらいあってもいいだろうに」

恋人を放っておいて自分だけ実家でのんびりしているなんて、とんでもないヤツだ。月曜の朝、出社してきたところを捕まえて絶対にキスしてやる、と島崎は決めた。悠斗は会社でプライベートの関係を出すと怒るが、その様子もまた面白いのだ。一応、島崎も人目がない場所——社長室で二人きりのときとか、移動中の車の中だとか——を選んで悠斗にちょっかいを出している。

「あいつ、わかってるのか。十二月の土日なんて空かないぞ」

たぶん、この週末が年内でゆっくりできる最後のチャンスだった。毎年、島崎の十二月は超がつくハードスケジュールになるのだ。

年末は全国的に忙しくなるものだが、その多忙さにおいて島崎はだれにも負けないだろう。気の向くままに多方面に事業を展開しすぎたせいで、K&Sカンパニーが関係している企業や個人事業主は非常に多い。島崎が先を見据えて個人的に懇意にしている者も入れれば、膨大な数になる。島崎はそれらへの挨拶回りだとか忘年会だとかクリスマスパーティーだとかに、こまめに顔を出すようにしていた。

ワンマンで強引なやり方ばかりが目につき叩かれることがある島崎だが、人間関係は大切にしていた。電話やメールだけでは伝わらないものがある。たとえ一分だけでも直接会って話すと、相手の態度は変わるものだ。

悠斗に言ったら顔をしかめられるかもしれないが、十二月の分もこの週末でヤリ溜めしておきたかった、というのが正直なところだ。

「まあ、でも、年末年始はここで過ごすと約束したし」

仕事納めの二十八日は昼過ぎにはすべて仕事を終える予定なので、それから一月三日の夜まで……いや、四日の朝まで、悠斗とべったり過ごせると思うと楽しみすぎてニヤニヤしてしまう。

急ぎで仕立てさせている悠斗の冬用スーツは、十二月中に仕上がってくるはずだ。それがあれば四日の朝まで引き留めても大丈夫。七泊八日もいっしょにいられることになる。

悠斗の体は絶品だ。しかも喘ぎ声も泣き顔もいい。これほど相性がいい男ははじめてだった。そのうえ、なにもしなくてもそばに置いておくだけで安らぐ。

島崎は悠斗の引き抜きを本気で考えていた。療養中の水谷が復帰しても、悠斗を手放したくない。悠斗が自分以外の人間の秘書業務を請け負うのもいやだった。それに、いつどこで口説かれるかわからない。派遣先で恋愛関係になったのは島崎がはじめてだと言っていたが、いままでは悠斗を口説く厚かましい人間がいなかっただけではないか。

所属している長谷川オフィススタッフを辞めてほしい。島崎だけの秘書になってほしい。そしてできれば、ここでいっしょに暮らしてほしい――。

悠斗の住んでいる賃貸アパートの部屋には入ったことはないが、その前までなら何度か車で送っていった。セキュリティ設備など皆無の、古くて安そうな建物だった。給料はオーダー品のスーツに使っているのだろう。それはそれで正しいので口を出すつもりはない。ただ、あのアパートに帰したくないと思っただけだ。

「……問題はどう切り出すかだな」

悠斗は自立心があり、贅沢はあまり好まないようだ。島崎になにかをねだったことがない。スーツの代金を持ったときも、島崎のメンツを思って買わせてくれたのだ。二、三度寝ただけで、あれがほしいこれがほしいとねだってくるセフレとはちがう。だからこそ、もっとなにかしてやりたいと思ってしまうのだが。

ブブブブ、と不意に携帯電話が震えた。悠斗から着信か、と秒の早さで手に取ったが、表示された発信者の名前に脱力した。無視していたら、しつこく何度もかかってくる。仕方なく応答した。

『兄さん、無視しないでくれる?』

「うるさい」

二歳年下の弟、奏太だった。シマザキ商事に大卒で入社し、ベータながらコツコツと実績を上げているらしい。御曹司なのに腰が低いとか真面目だとかで、社内での評判はいいと聞いている。いまだに実家で生活していることからも、あのクセのある父親との関係は良好なのだろう。

角田に言わせると、奏太のような人間はコミュニケーションおばけ、と呼ぶそうだ。

「わざわざ電話してきて、いったいなんの用だ」

『母さんが、年末年始はどうするのか聞いてくれって』

「そんなことくらいメールでいいだろう」

『たまには兄さんの声を聞きたいと思ったんだよ。元気そうだね。そのぶっきらぼうな話し方、兄さんだな〜と思うよ』

くくく、と奏太が笑う。どれだけ邪険にしても、奏太は兄を慕っているという態度を崩さない。子供のころからずっとそうだ。

島崎としては、いくら奏太がコミュニケーションおばけだとしても、実家のすべてを弟に押しつけて自分だけ自由になっているようで、後ろめたく感じている。嫌われこそすれ、慕われる理由が思いつかなかった。

「毎年いちいち聞くな。帰るわけがないだろう」

『だよね』

二十歳で家を出てから、島崎は一度も実家の敷居をまたいでいない。あの父親の縄張りに入りたいとは思わないからだ。母親と弟とはときどき連絡を取りあい、年に何度かは外で会っている。けれど自分から会いたくて呼び出したことはない。だいたいは奏太に押し切られて約束するはめになり、そこに母親も登場するといったぐあいだ。

弟はまだいい。近況の報告くらいは問題ない。けれど母親は、たいてい島崎の顔を見ると涙ぐむので面倒だ。父親と息子の不仲が母親のストレスになっているのだろう。祖父母は健在で同居しているから、なにか言われているのかもしれない。だからといって帰る気にはなれないが。

『兄さん、恋人ができたんだって？』

えっ、と島崎は固まった。奏太の声は完全に笑っている。どこから聞いたのか、とあれこれ考えをめぐらすまでもなく、情報漏洩(ろうえい)の犯人はすぐに見当がついた。

「角田か」

『聞いたよ、可愛い秘書に夢中なんだろ』

「あの野郎……」

悠斗に手を出したとバレてから、島崎は角田に二人の関係を隠さなくなった。

いかに悠斗が可愛いかという惚気(のろけ)を聞かせたうえで、連れこみ用の部屋の解約を角田に頼んだ。クイーンサイズのダブルベッドの処分まで丸投げしたので、角田は「どうして俺が」と怒っていたが、結局引き受けてくれた。「おまえがやっと一人に落ち着いた祝いとして、やってやるよ」とのことだったが――。

まさかその腹いせで弟にしゃべったのか。

かつて島崎が大学を中退して家を出て、角田のところへ転がりこんだとき、奏太が探し当てて訪ねてきた。面倒見のいい角田に奏太は懐き、そのときから二人は仲がいい。島崎よりも頻繁に近況を報告しあっているらしいのだ。

『どんな人？　会わせてよ』

「会わせるか」

『一目だけでいいからさ。さんざん遊んできた兄さんのハートを射止めた人のご尊顔をぜひ――』

通話を切った。面白がっている。鬼の首を取ったみたいに、なにがハートを射止めただ。

島崎はイライラして、リビングを歩き回った。悠斗を呼びつけてセックスで発散したくなったが、それではセフレ扱いだ。悠斗は欲求を解消するためにいるわけではない。

「くそっ」

健康的に汗をかくことに決め、島崎はスポーツジムへ出かけることにした。悠斗は運動しても筋肉がつかない体質のようで、島崎の肉体をことのほか気に入っている。維持するためにも鍛えておいて損はない。

悠斗のために、と思ったら少し気持ちが落ち着いた。悠斗の存在は安定剤の働きもするらしい。

携帯電話がまたブルブル震えた。奏太がかけ直してきたようだ。鬱陶しいので電源を切り、島崎は出かける支度をした。

（……終わった……）

へとへとに疲れてK&Sカンパニーの本社ビルに戻った悠斗は、秘書室の自分のデスクに座るなりぐったりと目を閉じた。

怒濤（どとう）の十二月だった。

昨年十二月の殺人的スケジュールより多少はマシな予定を組めたとは思う。けれど常人には無理な多忙さだったのではないだろうか。

悠斗はため息をつきながら椅子に座り直し、ＰＣの電源を入れる。画面の隅には今日の日付である十二月二十七日、現在時刻二十二時と表示されている。島崎はまだ他社の忘年会の会場から戻ってきておらず、悠斗は彼の体調が心配だった。

この一カ月、土日返上のパーティー出席や地方への挨拶回りでまともな休日はなく、悠斗は前任者の水谷のように倒れそうになった。島崎がそんな悠斗を気遣って、深夜に及びそうになる集まりからは早めに帰してくれていた。

島崎は頭がよく、抜群のビジネスセンスがある。こんなにこまめに現場に顔を出したり小さなつきあいに気を配ったりしなくても会社は順調に成長していくと思うのだが、そこには確固たるポリシーがあって譲れないらしい。

十一月の最後の週末を実家で過ごした悠斗は、休み明けの月曜日、島崎に十二月のスケジュールについて説明を受けた。悠斗は十月初めにK&Sカンパニーに秘書として派遣されてきた。それから二カ月のあいだは悠斗のやり方で効率を優先して仕事をしてきたが、十二月だけは島崎のやりたいようにやらせてくれと。

島崎は人とのつきあいを大切にしている。その気持ちが伝わってきたので、悠斗は了承した。「わかってくれると思っていた」と島崎は満面の笑みで悠斗を抱きしめ、ディープキスをしてきたから背中を拳で殴ったけれど。

去年十二月のスケジュールを参考にしつつ、悠斗なりに効率も追求して予定を組んだ。島崎は悠斗の努力を認めてくれ、そのとおりに動いている。とても元気よく。

それも今夜で終わる。明日は二十八日。全国的に仕事納めで、K&Sカンパニーも年内最後の就業日になる。

今朝、島崎は悠斗の顔を見るなり、ニヤリといやらしく笑った。

「明日の午後から覚悟しておけよ」

そう耳元で囁かれただけで、悠斗は腹の奥が疼くようだった。約一カ月の禁欲生活は、限界を迎えていたのだ。島崎に抱かれるようになるまで、悠斗は性欲の発散方法に困ったことなどなかった。何年も恋人はいなかったけれど、たまに自慰をする程度で済んでいたのだ。

それなのに、島崎のセックスに慣らされてしまった体は、わずか十日で疼き出し、独り寝の夜が切ないと訴え出した。夜だけならまだいい。昼間の仕事中に、ふとした拍子に島崎の体臭を嗅いでしまうと大変だ。なんとか平静を保とうとしても、悠斗の異変を察知した島崎が「どうした? 顔が赤いぞ」なんてからかってくるものだから殴りたくなってくる。だれのせいでこんなことになっているのかと、小一時間ほど問い詰めたいくらいだった。

そんな生活も明日で終わる。昼過ぎに本社を出たら、悠斗は島崎とともにマンションへ行くことになっていた。

(早く、明日にならないかな)

休み明け、一月四日からのスケジュールを確認しながら、悠斗は心の中で呟いた。

エレベーターの中で抱きしめられた。

十二月二十八日の午後、島崎の自宅マンション前に着いたときから、二人とも早足になっていた。駆けこむようにエレベーターに乗ると抱きしめられ、嚙みつくようないきおいで島崎にくちづけられる。驚きは一瞬で去り、熱い舌の動きに防犯カメラの存在すら忘れた。悠斗の手からビジネスバッグが落ちる。

ポンと軽い電子音とともにエレベーターは止まり、扉が開いた。島崎が悠斗のバッグを拾ってくれ、手を繋いで箱を出た。他の住人に出会わなかったのは、運がよかっただけだろう。

島崎が暗証番号を打ちこんで電子ロックを解除するあいだも、悠斗は潤んだ目で自分の男を見つめていた。もう一時たりとも目が離せなくなっていた。玄関に入ってすぐ、また抱きしめられる。唇を重ねながら靴を蹴って脱ぎ、もつれあって廊下を進んだ。

スーツの上着を剝ぎ取られ、ネクタイをむしり取られる。リビングのソファに押し倒されたとき、悠斗はすでに半裸だった。重なってくる島崎の充実した体軀に陶然とする。島崎が押しつけてくる股間は、布越しなのに灼けるほどに熱かった。

それを早く入れてほしい。自分の中に、奥深くまで入れて、欲望のかぎりに突いてほしい——悠斗の頭の中はそれでいっぱいだった。

無言の島崎は目だけがギラギラと獰猛な光を放ち、性急に体を繫げようとしてくる。悠斗だけでなく、島崎も約一カ月におよぶ禁欲生活を送っていたのだとわかるほどに、飢えていた。

ろくに解そうとせず島崎は挿入してきたが、悠斗の体はそれを柔軟に受け止めた。それどころか入れられただけで悠斗は最初の絶頂に達していた。声もなく、がくがくと全身を震わせながら白濁を迸らせてしまう。自身の腹と島崎のワイシャツに体液をまき散らしながら、後ろにくわえこんだものをきつく締めつけた。

「くっ」

島崎が苦しげに呻(うめ)く声にも感じた。こらえきれなかったのか島崎が無念そうに胴を震わせる。おびただしい量の体液が腹の奥に注がれる感覚を、悠斗はゆっくりと背中をのけ反らせて味わった。

「おい、この俺が、三擦り半以下かよ。突っこんだ直後に俺をいかせたのは、おまえがはじめてだ」

クソッと悪態をつきながら、島崎はそのまま腰を動かしはじめる。放ったものを粘膜に擦りつけるような腰使いだ。いやらしい動きが気持ちよくて、悠斗はうっとりと目を閉じ、両脚で島崎の腰を挟んだ。島崎がニヤリと笑ってくちづけてくる。

「俺がほしくてたまらなかったのか？　ん？」

「ほしかった……」

正直に答えたら、島崎が真顔になった。挿入されているものがグッと角度を鋭くしたのがわかる。島崎は悠斗の髪を大きな手でかき上げ、顔中にキスの雨を降らせてきた。

「可愛いこと言うなよ」

どうしていいかわからなくなる、と島崎は呟き、無口になった。悠斗も無駄口を叩いている暇があったら、島崎を全身で感じていたかった。

それからはただひたすら、セックスした。何度やっても飽きなかった。感度は高まる一方で、もう島崎以外のだれともセックスできないと思った。

疲れ果てたら眠り、汚れたら二人で風呂に入る。空腹になっても悠斗は料理をする体力も余裕もなく、島崎が適当にデリバリーサービスを使った。

昼も夜もわからない。カーテンを閉め切った部屋で、巣穴にこもった獣のように抱きあった。二人だけの世界は幸せで、このまま時が止まってしまえばいいとさえ思った。

くしゃくしゃになった寝具の中で目覚めた悠斗は、ぼんやりと天井を眺めた。なぜ目覚めたのだろう。なにかきっかけがあったはずだ。

（そうだ、インターホンが鳴ったんだ）

寝室には悠斗だけで、島崎の姿がない。きっとインターホンで対応しているのだろう。またデリバリーだろうか。それともなにかの宅配か。

悠斗はのろのろと起き上がった。毛布の中は全裸だ。体中に島崎がつけたキスマークが散っている。クローゼットに悠斗用の部屋着があるはずだが、いつもは島崎が出してくれるので勝手に開けて探していいものかどうかわからない。

島崎を呼ぼうとしたが、喉が渇いていて声が出そうになかった。ベッドサイドのチェストに、飲みかけのミネラルウォーターのペットボトルが置いてあった。セックスの途中で何度か水分補給をした覚えがある。四分の一ほど残っていたそれを、悠斗は全部飲んだ。

（……なんだ？　熱っぽいのかな？）

常温であるはずの水が、とても冷たく感じた。それに全身がダルい。セックスのしすぎの倦怠感（けんたいかん）はもう何度か経験しているが、どこかちがうような気がした。

（頭が……ぼうっとしているような……）

風邪の引きはじめのような症状に感じた。空調が効いていても全裸で寝たのはまずかっただろうか。いや、全裸で寝ることなど、この部屋に来たら毎回のことだった。多忙な十二月を過ごしたせいで、免疫力が落ちていたのかもしれない。

「悠斗、起きたか」

寝室のドアから島崎が顔を出した。素肌にガウンを羽織っただけの格好だ。

「おせち料理が届いたぞ。こんなもの予約して取り寄せたのははじめてだ」

島崎はちょっと照れくさそうな顔でそう言った。

「年越し蕎麦(そば)までいらないよな？　用意していない。食べたかったらどこかで買ってくるが」

「……年越し蕎麦……？」

悠斗はぼんやりとオウム返しにして、ふと「今日は何日だ？」と疑問に思った。

注文していたおせち料理が届き、島崎が年越し蕎麦の話をする――。

「今日って、何日？」

「日にちの感覚が狂ったか。俺もだ。おせち料理が届いて驚いた。今日は三十一日、大晦日(おおみそか)だ」

三十一日。

ザーッと血の気が引いていく音を聞いた。

悠斗は二十八日の朝を最後に、オメガ用の抑制剤を飲んでいない。島崎と抱きあうことで頭がいっぱいになっていたせいだ。

飲まなくなってから、もう三日になる。

(まさか、まさかこのダルさって……)

風邪の引きはじめなどではなく——。

そう思いいたるやいなや、悠斗はベッドから飛び下りた。

「どうした？」

島崎を押しのけて寝室を出る。自分のカバンはどこだ。あの中に薬がある。悠斗のビジネスバッグは玄関にあった。二十八日の午後、この部屋に来たときに投げ出したままのかたちで。

「悠斗、せめてTシャツだけでも着ろよ。別に裸で過ごしてくれてもいいけど」

近づいてくる島崎に背中を向けて手元を隠す。焦るあまりに指が震えた。じわじわと体温が上がっていくのがわかる。どうしよう、どうしよう、と泣きそうになりながらピルケースを探した。

「ん？　なんだこの匂い」

島崎が不審げに呟いたのが聞こえた。

気づかれた、と察した瞬間、体が芯からカアッと燃えるように熱くなった。視界が赤く霞む。体に力が入らなくなり、悠斗はくたりと床にうずくまった。

（なに、これ……）

熱い。体が。

この三日間、さんざんセックスしたのに、「まだ足らない」とばかりに腹の奥が疼く。後ろがじゅん、と濡れたのがわかった。

オメガの判定を受けたのは十三歳のとき。それから十二年間、ずっと欠かさず抑制剤を飲んできた。悠斗は発情期の経験がなかった。

これが発情期なのか、と自覚するより先にオメガの本能が暴走をはじめる。たまらない飢餓感がこみ上げてきた。

アルファがほしい。たまらなく、ほしい。腹の奥を強く突いてほしい。種をつけてほしい。この飢えを——満たしてほしい。

すぐ近くにアルファがいる。

悠斗は胸を喘がせながら振り向いた。

「大雅さん……」

廊下の端から、島崎が愕然(がくぜん)とした顔でこちらを見ている。彼から、たまらなくいい匂いが漂ってきていた。これまでの島崎のものとは違う、発情を増幅させるような匂いだ。あきらかに、悠斗の発情香に反応している。

「おまえ……この匂い……なんだ？」

島崎が戸惑っている。

「ごめんなさい……。発情、して、しまっ……」

「嘘だろ。発情？　これは発情香なのか？　おまえ、オメガだったのか……!?」

その表情と声音、言葉から、島崎の動揺はあきらかだ。ひとつとして悠斗の発情を歓迎していないことがわかる。

島崎が、ふらつきながら一歩、下がった。悠斗から逃げようとでもするかのように。

好きな人に拒まれている。それが悲しかった。ついさっきまで、溶けるように抱きあっていた。幸せだった。

「くそっ、俺を誘惑するなっ」

島崎が両手で頭を抱え、苦悩している。放たれるアルファの匂いがキツくなった。悠斗の発情につられて、島崎も発情状態になりつつあるのかもしれない。

「薬はないのか、早く薬を飲め！」

島崎が怒鳴ったが、いまさら薬を飲んでも遅いことくらい、二人とも本能でわかっていた。第三者のベータがいれば、二人を引き離してくれただろう。けれどここには二人きりで、マンションの高層階だ。唯一の出入り口は玄関で、悠斗の背後にあった。

「ごめんなさい……」

悠斗は泣きながら謝った。腰が抜けたようになって、立ち上がれなくなっている。頭がぐらぐらした。

「どうして、こんな……俺は……」

どこかおぼつかない足取りで島崎が近づいてくる。苦悶を浮かべたその顔には、玉の汗が噴き出していた。

しかし、結局は抵抗しきれなかったのだろう、とうとう島崎が悠斗の剝き出しの肩を摑んだ。触れられたところから甘い痺れが広がっていく。

もうたまらなかった。オメガの本能が悠斗をなにも考えさせなくしてしまう。

悠斗は縋るように両手を伸ばし、島崎のガウンの生地を握りこんだ。

「おねがい、だいて」

蕩けるような、甘く掠れた声が出た。島崎に痛いほど抱きしめられる。血走った目が悠斗を見た。その目に、理性はカケラも残っていなかった。

荒波に揉まれる小舟のように、悠斗は激しく揺さぶられ、どこが上なのか下なのか、どちらが前なのか後ろなのかわからないくらい、島崎にもみくちゃにされた。

いままでのどのセックスともちがった。本能だけのセックスだった。けれどなにひとついやなことはなく、すべてが快感に繋がり、何度も挑んでくるアルファへの愛しさだけがあった。

途中、うなじに激痛があった。ぎりぎりと、島崎の歯が肉に食いこんでくる。朦朧としながらも肌を血が流れていくのがわかった。なにかが体の中で変わる。オメガの本能が、アルファとつがいが成立したことを知らせた。

ひたすらセックスをした。悠斗の薄い腹が膨れるほどに、何十回と体液を注がれる。アルファの底なしの精力はこのためにあったのだと、悠斗は気絶するように眠りに落ちながら思った。

正気に戻ったとき、悠斗は一人だった。

一月三日になっていた。時刻は午後七時。中途半端に閉められたカーテンのあいだからは、真冬の夜景が見えている。

マンションの中に島崎の姿はなく、しんと静まり返っている。かすかに空調の音が聞こえるだけだ。悠斗は乾いた精液だらけのひどい姿になっていて、よろけながらバスルームで体を洗った。後ろからは洗っても洗っても、だらだらと島崎の体液が流れ出てきた。

バスルームの鏡でうなじを確認すると、しっかりと歯形が残っている。まだ血が滲み、ズキズキと痛みを発していた。

バスローブを羽織ってリビングに戻る。家主のいない部屋は、雑然としていて寒々しかった。呆然と突っ立っていると、どこかでピコンと電子音がした。ソファの上に悠斗の携帯電話が放置されている。メールが届いていた。

手に取ると、島崎からだった。

『帰れ』

それだけだった。

明日から仕事がはじまる。四日の朝にここから出社する予定だったが、それが三日の夜に繰り上がっただけだ、と思おうとしたが、無理だった。

帰れ、の一言が、疲弊した悠斗を打ちのめした。

完全に怒らせて、悠斗は捨てられたのだ。

嘘をついて、騙していたから。

彼がオメガを嫌っていることを知っていたのに、本意ではないつがい契約を結ばせてしまった。

「ごめんなさい」

涙がこみ上げてきたが、自分には泣く資格などないとこらえた。

悠斗はせめてもと、汚したシーツを剝がして、使用したバスタオルとともに乾燥まで全自動の洗濯機に入れた。キッチンのゴミも片づけた。

気がつくと午後八時を過ぎている。悠斗がいつまでも帰らないと、島崎がここに戻ってこられないのではと気づいた。どこかで悠斗がマンションから出ていくのを待っているのかもしれない。

悠斗はここに来たときのスーツを着て、ビジネスバッグを持ち、島崎の自宅を出た。エントランスから外に出て、一度だけ建物を振り返る。もう二度とここに来ないかもしれない。島崎に嫌われたのだと自覚すると涙がこぼれそうになったので、ここは往来だと我慢して、タクシーを拾った。

自分のアパートにたどり着くと、張っていた気が緩んだ。へなへなと座りこみ、虚空をぼんやりと眺める。手元にぽつぽつとなにかが落ちた。涙だった。悠斗は自覚がないままに泣いていた。

「……ごめんなさいっ……」

謝っても、きっと島崎は許してくれないだろう。

堰を切ったように絶望の涙が溢れ出してくる。

どうしよう、どうすればいい。

悠斗はつがい持ちのオメガになった。島崎を心から愛しているけれど、島崎はきっともう悠斗のことなど顔も見たくないと思っているだろう。悠斗が目覚めるのを待つことなく家を出て、『帰れ』とたった一言のメールで命じてくるくらいだ。

つがいになったアルファに疎まれたオメガは、どうやって生きていけばいいのだろうか。

嗚咽に背中を波打たせ、悠斗はたった一人で号泣した。

「おはよう」

「おはよう。あけましておめでとう」

一月四日、午前九時。K&Sカンパニー本社の社長室で、島崎は角田と新年の挨拶を交わした。角田は加齢とともにふっくらとした体格になってきていたが、年末年始でまた増量したらしく、顔が若干丸くなったように見えた。

「どうやら正月は家族団らんを満喫したらしいな」

「いやぁ、子供たちとたっぷり遊べたのはいいが、疲れたよ。美波(みなみ)を休ませて俺が家事もしていたからさ。幼児の体力ってすごいよな。わーって遊んで電池が切れたみたいに寝るんだぜ。一眠りしたら元に戻ってるし」

嬉々として休み中のことを話す角田は幸せそうだ。つい恨めしげな目で見てしまう。

「なんだ、その顔。どうした？　おまえは奥野君と年末年始を過ごすと言っていたじゃないか。二人きりでしっぽりしたんだろ？」

「……事件があった」

「事件？　ケンカでもしたのか？」

角田が苦笑いして、「さっさと謝れ」と詳細も聞かずに先輩風を吹かせてアドバイスしてくる。

「どうせ、おまえが悪いんだろ。多少の無理をしても六日間も休みがあるから大丈夫とか言って、アルファのペースで迫ったんじゃないのか。奥野君はベータだ。しかも細身だろ。どう見ても、おまえ並みの体力はないからな」

かわいそうに、と笑い混じりで呟く角田に、島崎はムッと押し黙った。言い返してこないことから様子がおかしいと思ったのか、角田が「ん？」と首を傾げた。

「そういうことじゃないのか？」

「そういうことじゃない」

「もしかして、深刻？」

「深刻だな」

島崎は角田を信頼している。事情は話しておくべきだろう。口を開こうとしたところでドアがノックされた。「失礼します」と入室してきたのは悠斗だった。

「あとで話す」

小声で角田に告げてから、島崎は社長の椅子に座り直した。

「おはようございます」

悠斗はきっちりとしたスーツ姿で、表情もニュートラルだ。一分の隙もない完璧な秘書ぶりだった。

よく見ると目尻がほんのわずか、赤みを帯びているだろうか。いつもとちがうのはその程度かも——いや、ちがう。悠斗の硬質な態度は、初対面のときのようだった。完全なビジネスライク、他人の顔をしている。

（泣いて許しを請うくらいのこと、すると思っていた）

島崎は少なからず失望していることに気づいた。

「あけましておめでとうございます、島崎社長」

悠斗は一礼し、手にしていたタブレットをタップすると「本日のスケジュールの確認です」と読み上げはじめた。よどみなく話す悠斗の声を聞いているうちに、島崎は苛立ちを通り越して怒りがこみ上げてきた。

　こっちはこれほど動揺して引きずっているというのに、そっちはなぜ冷静でいられるのか。やはりあの発情期は予期していて、島崎を陥れるためのものだったのではないか。

「以上です。なにか訂正、確認等はございますか」

　悠斗がタブレットから顔を上げ、島崎を見てくる。目があっても、そこに感情の揺れはなかった。ないように見えた。

　そっちがその気なら、こっちも対抗するまでだ。

「角田、水谷の病状はどうだ。なにか聞いているか」

　いきなりの問いかけに、角田が驚いた顔をした。

「今日中に一度、連絡を取ろうと考えていたところだ。休職してからもう三カ月半になるからな」

「水谷の後釜候補の新人はどこまで育った？　そろそろ使えるようになってきただろ」

「奥野君のサポート業務を任せつつ教育はしてきたんで、そこそこは使えるとは思うが」

「今日から奥野は俺に同行しなくていい。別の社員を俺につかせろ」

　えっ、と角田が声を上げ、悠斗と島崎を交互に見てくる。発言の内容もさることながら、悠斗への呼びかけに驚いたのだろう。わざと島崎はそうした。

　肉体関係ができてから、島崎は会社でも「悠斗」と呼んでいた。「奥野」と最後に呼んだのは二カ月以上も前だ。

悠斗は目を見開き、愕然としていた。その顔からはすべての感情が消え、血の気まで失っている。やはり悠斗のこの態度は、気持ちに蓋をして、いささか無理をした状態だったのだ。

悠斗を驚かせたことに、島崎は溜飲を下げた。

「奥野、おまえはいますぐ引き継ぎをしろ。その後は秘書室でデスクワークだ。並行して、角田に代わって秘書室の連中にもっと実践的なノウハウを教えろ」

「おい、いきなりなにを——」

角田が抗議しようとしたが、島崎は無視した。

「できるできない、やりたいやりたくないという次元の話じゃない。そのくらいわかるな？　俺が命じたんだ。やれ」

「……わかりました」

悠斗は頭を下げ、社長室を出ていく。その悄然とした後ろ姿を見送っていた角田が、島崎に詰め寄ってきた。

「おい、どういうことだ。プライベートのケンカを仕事に持ちこむなよ。だから言っただろ、奥野君に手を出したときに！」

本気で怒ったらしい角田が胸ぐらに摑みかかってきたので、島崎はそれを避けた。年始から社長が皺だらけのネクタイとワイシャツで仕事をするわけにはいかない。

「急に奥野君を内勤のみにするなんて乱暴だぞ。秘書室が混乱する」

「ちょっとした罰を与えるだけだ。あいつは俺に嘘をついていた」

「嘘？　奥野君がおまえに？　なにを？」

島崎は角田を見た。事情を隠さず打ち明けようと決めたが、それでも一瞬ためらってしまう。

「悠斗は、オメガだった」

えっ、と角田が息を呑む。

「この連休中、あいつに発情期が来てとんでもないことになった」

あの三日間のことを思い出すと、苦々しい思いとともに、理性を根こそぎ奪うオメガの発情フェロモンの恐ろしさもよみがえってきそうになる。

「おい、それって――」

「まさかバース性を偽られていたなんてな」

島崎はため息をつきながら自分のタブレットでスケジュールを確認する。

悠斗の組んだ予定は完璧だ。どこかで不測の事態が起こっても、そのあとで調整できるようにしてある。延期が可能なものにはそのように補足してあり、必須のものにも同様に一言書き加えられていた。秘書として悠斗はとても有能だった。

「島崎、おまえ……奥野君のうなじを噛んだのか」

答えたくなくてタブレットから目を離さずにいたら、角田に肩を掴まれて無理やり振り向かされた。がっちりと視線をあわされて、真実を吐けと迫られる。

「嚙んだのかと聞いている」

「……嚙んだ」

しばし、社長室に沈黙が落ちた。

「つまり」

角田がおそるおそるといった感じで口を開く。

「つがいになったということか？」

「だろうな」

「他人事みたいに言うなよ。これは大変な事態だぞ」

「騙し討ちされたようなもんだ。俺は望んでいなかった。あっちはまんまと経済力のあるアルファを捕まえることができて喜んでいるかもしれないがな」

「さっきの様子では、とても喜んでいるようには見えなかったが？」

角田が胡乱（うろん）な目を向けてくる。たしかに悠斗に浮かれた空気はなかった。

「それは、発情期が明けた途端に俺が冷たくしたからだろ」

「あー……そうか……」

角田が悩ましげな顔になって、窓際をうろうろと歩く。

「そのあたりの心情はともかく、おまえは奥野君とつがいになったわけだ。不本意だったかもしれんが、これは確定している。今後どうするか決めておかないと」

「今後か——……。泣いて縋りついて謝ってきたら許してやろうと思っていたのに」

あの理性的な澄ました顔にムカついた。

これでも一晩中、悩んだのだ。騙されていたとしても、悠斗ほど愛しいと思える人間ははじめてだった。体の相性だけでなく、何日もいっしょに過ごしてまったく煩わしく感じないのもはじめてだったのだ。悠斗ほどの人間が他にいないのは変わらない。

なにか事情があるなら聞くつもりはあった。責任だって取るつもりだった。オメガを嫌ってはいたが、悠斗がオメガなら受け入れるしかない。

でも、可愛くない態度を取られて、面白くない。

「向こうから謝ってくるまで、内勤にしておく」

「ちゃんと話しあったのか？」

「まだだ」

「早く話せよ。オメガだとわかったのはいつのことなんだ」

「大晦日の午後にあいつの発情期がはじまって、それから丸三日のあいだ、記憶が定かじゃない。正気に戻ったのは昨日の午後だった。まだ冷静になれていない。時間がほしい」

「三日間の記憶が？　本当か」

角田はオメガの発情期の凄まじさを聞き、うろたえたように身を引いた。

「いや、それでも今後のことを話しあわないとだめだ。オメガのうなじを噛んでおきながら放置なんて、おまえ、人としてそれはどうかと思うぞ。アルファは何人もオメガをつがいにできるが、オメガはたった一人のアルファとしかつがいになれないんだろう？　奥野君には、もうおまえしかいないんだ」

悠斗にはもう自分しかいない——。素晴らしく甘美な言葉だった。しかし甘い顔などできない。したくない。嘘をついたのは悠斗なのだから。

「とにかく、俺の近くにあいつを近づけさせないでくれ。イライラしすぎてあいつに手を上げて表沙汰になったら外聞が悪いだろう」

「そこは我慢してくれよ」

「いやだね」

「駄々っ子かよっ」

「俺のスケジュールを組むことは秘書室の中でできるだろう。社員を日替わりで俺につけてくれ。そっちの人選は任せる。ただしベータの男に限る」

島崎の頑なな態度に、角田は諦めたように「わかった」と頷いた。

「他の社員には、奥野君に疲れが出てきたから外回りをしばらく休ませるとでも説明しておくよ。実際、十月から三カ月間、彼は本当によく働いてくれた。社員の中では奥野君を尊敬する者が出てきている。おまえは言動に注意をしてくれ」

なににどう注意をしろというのか、島崎はすぐにはわからなかった。

「どういう意味だ」

「プライベートを職場に持ちこんだセクハラ社長だと社員にバレないように気をつけろという意味だっ」

角田に人差し指をつきつけられ、島崎はムッとした。

「あいつがバース性をごまかさなきゃ、こんなことにはならなかった」

「奥野君のせいにするな。おまえは彼がベータだと思っていたから好きになったのか？　ちがうだろう。バース性など関係なく好きになったはずだ。そもそもおまえが手を出さなきゃよかったんだ」

「俺が節操ないタイプのアルファだってことくらい、おまえだってよく知ってるだろうが」

「ああ知っているさ。いままではおまえの家庭の事情があるから、多少の無節操も黙認してきた。だがな、そのテの界隈で割り切った男と浮名を流すのは許容範囲内だとしても、いかにも遊び慣れていない純情な青年を喰って捨てたなんて許せるわけがない。友達を辞めるぞ」

ぐっ、と島崎は言葉に詰まった。角田がここまで激怒することはめったにない。

「奥野君とのことが社員たちにバレてみろ。おまえは確実に軽蔑される。白い目で見られたくなかったら、そうと悟られるような言動はぜったいにするなよ。それと、ころあいを見て、ちゃんと話しあえ」

角田は怒りながら急いで社長室を出ていった。秘書室でいまから社員の配置について検討するのだろう。

島崎はチッと舌打ちする。どうして角田は悠斗の肩を持つのだ。長いつきあいのこちら心を傾けていた。彼がオメガとわかるまで、幸せだった。

つ教えていくのは楽しかった。悠斗は素直に覚えていき、島崎好みの体になった。悠斗に

物慣れない様子が可愛いと思っていた。男に抱かれることを知らない体に、ひとつひと

「俺は騙されて傷ついているんだぞ」

に味方してくれてもいいだろうに。

「角田にはわからない……」

不意にくらったオメガの発情期フェロモンがどれほど恐ろしかったか。あれは経験した

アルファにしかわからない。

それ以上に、はじめて心を開いた存在に嘘をつかれていたことが島崎を打ちのめしてい

た。正直に話してくれればよかったのだ。なぜ言わなかったのか。

「もしかして、俺が悪いのか……？」

子供を産める性である女とオメガの男を嫌っていると、島崎ははっきり口にしていた。

だから悠斗は打ち明けられなかったのかもしれない。

「いや、俺が悪かったとしても、不意打ちした悠斗がより悪い。反省しろ」

今週いっぱい内勤にして、週末も悠斗には会わない。しかし、角田がしつこく話しあえ

と言っていたことだし、来週月曜日あたりに時間をつくって二人きりで話をしよう。

島崎は頭の中でそんな予定を立てたが、本心では明日にでも悠斗と話したいと思ってい

る。しかし、アルファのプライドと生来の頑固な性格が、島崎に意地を張らせていた。

秘書室に戻った悠斗は、自分の席に座ったきり呆然と動けないでいた。

一晩、島崎からなんの連絡もなかった。完全に怒らせてしまい、自分は切り捨てられるのだと覚悟を決めた。それでも仕事は仕事だからと、出社してきた。プライベートを職場に持ちこんではいけない。憔悴した様子をちらりとも出すまいと気丈に振る舞った。

最悪の場合、契約を切られるかもしれないと予想していたのに、いざ配置換えを告げられるとショックのあまり息ができなくなった。

本当にこれで終わりなのだろうか。二人の関係は。

あんなに何度も抱きあったのに。何度も何度もキスしたのに。溶けあうような時を過ごしたのに――。自分が悪いとわかっていても、そう思う気持ちが止められない。

「奥野君、ちょっと」

角田が秘書室にやって来て、悠斗を呼んだ。手招きされて廊下に出ると、おなじフロアにいくつかある会議室のひとつに促された。

ドアにきっちり鍵をかけ、困った顔で悠斗を見下ろしてくる。島崎に事情を聞いたのだろう。悠斗は先に謝った。

「申し訳ありません」

「いや、まあ……びっくりしたよ。君、オメガなんだって？」

「はい……」

俯いたまま顔を上げることができないでいる悠斗に、「座ろうか」と角田が椅子を勧めてくる。そう広くない室内には白い楕円形のテーブルがあり、スタッキングできるタイプの椅子が五脚ほど置かれている。二脚をあいだに挟んで二人は座った。

「休み中に発情期が来て、あいつとつがいになったと聞いたんだけど、それにまちがいはない？」

「……はい……」

頷きながら、悠斗はうなじに手で触れた。そこにはオメガ専用の歯形を隠すシールが貼ってあった。

アルファとつがいになった証の歯形は、隠さなければならないものではない。けれど露わにしておくとなにかと不都合なことが多いので、専用のシールが販売されているのだ。ベータとして生活していたのに、ある日突然うなじに歯形をつけていたら「じつはオメガでした。昨日、つがいができました」と公表しながら歩いているも同然になる。今朝、悠斗は出勤前にドラッグストアに寄って、このシールを買ってきた。

オメガの歯形を隠す用に開発されたシールだが、薄くて肌に馴染む色のうえ、体の動きを疎外しないという優れもののため、痣やファッションタトゥーを隠すにも便利だとオメガ以外の人たちに重宝され、どこのドラッグストアでも手に入るようになった。

　自宅を出てから駅の多目的トイレでシールを貼るまで、悠斗は首にマフラーを巻いて歯形を隠していた。髪が短いので、ワイシャツの襟から少し見えていたのだ。季節が冬でよかった。

「事情聴取のようになってしまうが、事実確認をしておきたい。いくつか質問に答えてくれるか？」

「なんでも聞いてください」

　この展開は予想していたので、悠斗は膝の上でぎゅっと両手を握り、身構えた。

「君がオメガだということを、長谷川オフィススタッフの人は知っているのか？」

「社長の長谷川だけが、僕のバース性を知っています」

「いや、まあ、バース性で採用を決めてはいけない決まりを堂々と破ろうとしたのはこちらだから、なんとも言えないな」

「すみません。悪気はありませんでした」

「いや、君が謝る必要はない」

「長谷川は僕の両親の知人で、オメガの僕をなにかと気遣ってくれていました。いままでベータとして過ごしてきて一切、不都合はなかったものですから」

　そうか、と角田が憂うつなため息をつく。

「島崎は君を辞めさせるつもりはないようだが、しばらく内勤になってもらう」

　辞めなくてもいいと知り、悠斗は少しホッとした。

「あいつは奥野君に騙されたと思っているようだ。君は休み中に発情期が来るとわかっていて、島崎の部屋に行ったのか？」

「いえ、ちがいます」

悠斗はハッと顔を上げ、角田をまっすぐ見つめた。困惑も露わな角田の表情に、自分のせいで余計な心労をかけてしまっているのだとわかる。

「抑制剤を飲み忘れてしまったんです。本当にそれだけなんです。いまの抑制剤は副作用を抑えるためにぎりぎりで調整されていて、たった三日間、飲み忘れただけで発情期が来てしまうんです」

「三日……。そうなのか」

オメガ以外の、抑制剤に縁がないアルファやベータは、あまり知らないことだろう。

「僕は社長を騙すつもりなんてありませんでした。発情期が来てしまって、僕も驚いたんです。ずっと薬で抑えていたので、はじめての発情期でした」

「はじめてだったのか？」

「僕もパニックになってしまい、とっさに対処できませんでした。巻きこんでしまった社長には、どうお詫(わ)びすればいいかわかりません。おつきあいがはじまったときに、本当のバース性を打ち明けるべきでした。けれど、なかなかその勇気が出なくて——あんなことに……」

うなじを噛まれたときの痛みがよみがえってくる。いまも傷が癒えていない。ずきずきと鈍い痛みを発して、まるで噛み跡自体が存在を主張しているようだ。

「そうか、わかった。君は意図して発情期を迎えたわけではなかったんだね？」

「はい。あれは事故でした」

「島崎を陥れたわけではないとしても、しばらく距離を置いてもらった方がいいだろう。島崎自身、かなり動揺しているようだ。このあとはとりあえず引き継ぎを頼む」

「わかりました」

席を立とうとした角田を呼び止め、悠斗はひとつのお願いをした。

「昨日の今日なので、弊社の代表、長谷川にはまだ事情を話していません。本当のバース性が知られたと、僕から経緯を説明させてもらってもよろしいですか。それとも角田さんからクレームを入れますか」

「ああ、ご両親の知人だと言っていたね。任せるよ」

「ありがとうございます」

悠斗がまた深々と頭を下げると、角田は先に会議室を出ていった。

一人残った悠斗はスーツのポケットから携帯電話を取り出す。長谷川に電話をかけた。

『あけましておめでとう、悠斗君。今日が仕事はじめの日だったと思うが。就業時間中だろう？　どうかしたのかい？』

穏やかな長谷川の声に、悠斗は泣きそうになった。恩人に迷惑をかけることになってしまい、申し訳なくてたまらない。

「大切なお話があります。今夜、時間を割いてもらうことは可能でしょうか」

『君のためならいつでも時間を空けるよ』

オフィスで待っている、と柔らかな声で長谷川が言ってくれた。

通話を切ったあと、顔を上げて秘書室に戻る。そこには角田がいて、秘書室の面々に悠斗が過労のためしばらく内勤になると説明しているところだった。

「——そういうわけで、青山(あおやま)」

「はい」

二十五歳の男性社員が反応よく立ち上がる。同い年の派遣の悠斗に教えを請うことができる、真面目で常識のある社員だ。

「すぐに奥野君から引き継ぎをしてもらい、今日は社長に同行するように」

「わかりました」

青山が悠斗の席に来たので、業務の引き継ぎをした。まずは今日のスケジュールを確認して、いくつかの注意事項を告げる。

「おい、そろそろ時間だ。出かけるぞ」

秘書室のドアがノックもなしで開き、島崎が顔を出した。一瞬だけ悠斗を見たようだが、すぐに角田に「俺につくのはだれだ」と尋ねた。

「私です」

青山が慌てて自分のビジネスバッグにタブレットを突っこみ、島崎に駆け寄っていく。

「では、行ってきます」

青山は秘書室の社員たちに律儀に一礼してから、島崎とともに出かけていった。

つい一週間前までは、あれは悠斗の役目だったのに——と、諦めたはずなのについ悲しげな目になってしまう。

悠斗はPCの画面に集中した。やらなければならない仕事は山のようにある。社長と行動をともにするだけが秘書の仕事ではないのだ。十月から三カ月間、社員のだれよりも島崎の近くにいた。彼がいま求める資料を、もっとも見やすく作成する自信がある。精一杯、島崎のために働きたかった。

一晩泣いて、覚悟を決めたはずなのに、視界が潤んできそうになり、ぐっと奥歯を噛みしめる。ひそかに深呼吸をして、悠斗はなんとか仕事をこなした。


大きなミスをすることなく一日を終えることができたのは、奇跡というよりなかった。途切れがちの集中力に我ながら辟易(へきえき)しながらも無事に終業時間を迎え、悠斗は定時で会社を出た。過労を理由にしばらく内勤にするという角田の説明をだれも疑わないほど顔色が悪かった悠斗を、秘書室の面々は「ちゃんと飯は食えよ」「体調悪いときは休んでください」「無理しないでくださいね」と労(いたわ)りの言葉とともに送り出してくれた。

悠斗は電車を乗り継ぎ、長谷川オフィススタッフの事務所まで行った。日本橋近くのオフィスビルの一角に、事務所はある。

「やあ、来たね」

長谷川は一人で待っていてくれた。事務員はすでに帰っていて、人気はない。

「あまりいい話ではなさそうだ」

悠斗の顔を見て、長谷川が困ったように眉尻を下げる。長谷川自ら電器ポットでお茶を淹れてくれた。

社長室の応接用ソファに向かいあって座り、悠斗は居住まいを正した。

「社長、本日はお詫びに参りました」

「なんだね、かしこまって」

「現在、僕はK&Sカンパニーに秘書として派遣されていますが、社長の島崎さんと、その、不適切な関係になってしまいました」

えっ、と長谷川が驚愕の声を上げた。

「君が？　あの島崎社長と？」

恥ずかしさと情けなさがこみ上げてくる。子供のころから親しくしている、親戚のような存在の長谷川に、こんなことを報告しなければならないなんて。

けれど、すべては自業自得だ。

「身持ちの固い君が、まさか島崎社長と……。彼はたしかに魅力的なアルファの男だが」

長谷川が小さく唸る。そしてハッと息を呑んだ。

「もしかして、オメガだとバレたのか？」

「はい、バレました」

ああ、と長谷川がてのひらで目元を覆った。

どのような経緯でバース性がバレたのか、悠斗はかいつまんで話した。もちろん、島崎との蜜月期の詳細は省く。あの幸せな日々は、悠斗の大切な思い出だった。

うっかり薬を飲み忘れて発情期が来てしまったというくだりで、長谷川は痛ましいものを見るような目を悠斗に向けてきた。正気に戻ったあと、島崎に内勤を命じられたと話し終わると、「そうか……」と長谷川は俯く。

「申し訳ありません」

「いや、ベータの男性に限ると明記してあったにもかかわらず、君を派遣したのは私だ。バース性を限定することは明確な差別にあたるから、K&Sカンパニーが私と君を契約違反で訴えることができないことだけは救いかな。君は三カ月間、よくやってくれた。今回の件に関して、君には一切、責任はないからね」

長谷川は笑顔を見せてくれた。けれどすぐに憂うつそうな表情になる。

「しかし、派遣先で君がアルファに傷物にされたなんて、私は恭平と広美さんに、なんとお詫びをすればいいか」

「社長、その言い方はやめてください。僕は乱暴されたわけではありません。もう大人ですから、合意のうえでそうした関係になったんです」

「けれど、島崎社長と二人きりのときに発情期が来てしまったんだろう？　それはつまり、その、つがいになったということでは？」

「……はい」

隠していても仕方がない。悠斗は肯定した。

「今後のことは、島崎社長と話しあったのか？」

「いいえ。島崎社長にとっては不本意なつがい契約でした。僕は彼に責任を求めません」

きっぱりと悠斗がそう言うと、長谷川が渋面になった。

「いやいや、不本意だろうが本意だろうが、アルファとしての責任はある」

「でも彼は、被害者です。僕が薬をしっかり飲んでさえいれば――」

「オメガの君をアルファとして抱いたなら、被害者とは言いきれないよ。彼はオメガの発情期に巻きこまれただけだと言い張っているのか？　いまどきとんでもない男だな。これはバース法でも約束されていることだ。向こうが知らぬ存ぜぬを押し通すなら、裁判だって起こせる。アルファは何人ものオメガとつがい契約を結べるが、オメガはたった一人のアルファとしかつがいになれない。それがどういう意味か、君はよくわかっているはずだ。島崎社長が君に腹を立てているとしても、これは感情とは切り離して考えるべきことだ」

「でも、社長……」

「つがい契約の責任は、しっかりと島崎社長に取ってもらわなければならない」

長谷川は、いつもは柔和な顔に強い意志を滲ませている。三十年連れ添った妻はいるが子宝には恵まれなかった長谷川にとって、悠斗は息子も同然の存在だったのだ。島崎の潔いとは言えない態度に怒っているようだった。

理屈では、長谷川の言うことはまちがっていないのだろう。けれど——。

「弁護士を立てて責任を追及しよう」

「待ってください、社長、待って」

悠斗はローテーブルに身を乗り出した。膝をテーブルにぶつけた拍子に、湯飲み茶碗(ちゃわん)が揺れて緑茶がこぼれた。構わずに長谷川との距離を縮める。

「僕は島崎社長を訴えるつもりなんてありません。あれは本当に僕が悪かったんです。彼に罪はありません。薬をちゃんと忘れずに飲んでいたら、こんなことにはなっていませんでした。僕のせいなんです」

「悠斗君……」

「発情期が来てしまうまでは、うまくいっていたんです。休みのたびに島崎社長のマンションへ行って、ずっと二人きりで過ごして、幸せだったんです。あんなに楽しくて幸福感に満ちた時間ははじめてでした。それを、全部、僕が台なしにしてしまったんです」

ぼろっと不意に涙が溢れてこぼれた。あっというまに頬を伝い、ばらばらとローテーブルに落ちていく。

「あの人はなにも悪くない。僕のせいです。お願いだから、あの人にひどいことはしないでください。これ以上、あの人に嫌われたくない……お願い……」

ローテーブルに両手をついて、悠斗は頭を下げた。お願いしますと何度も繰り返す。涙でなにも見えなくなっていたから、長谷川が立ち上がって悠斗の横まで移動してきたことに気づかなかった。そっと抱きしめられ、「わかった、わかったから」と宥められる。背中を優しく撫でられた。噛み跡を隠したシールも、そっと撫でられた。

その翌日の五日、悠斗は時間通りに出社して、前日同様に秘書室で事務作業に勤しんだ。しかし、しだいに体調が悪くなり、まともに椅子に座っていることすらできなくなった。一月三日の夜から二晩、ほとんど眠れておらず食事も満足に取れていなかったせいだ。そんな事情を知らない秘書室の社員たちは、やはり島崎の秘書は激務なのだと再認識したらしく、静かに戦慄していた。

「奥野君、ひどい顔色だ」

角田が心配し、しばらく休むようにと言われた。K&Sカンパニーに派遣されてから有給休暇を取っていなかったため、この機会にまとめて申請することにした。あんなことがあったのに冷静なふりをして仕事をするなんて、無理だったのだ。

つぎの日、悠斗は実家の母親へ会いに帰った。土曜日とはいえ、突然やってきた息子に戸惑いながらも、広美は笑顔で迎えてくれた。

「正月休み中に来られなくてごめんね」

「あら、そんなこと気にしなくてよかったのに」

広美がドリップコーヒーを淹れてくれる。ダイニングテーブルで向かいあって座り、静かに熱いコーヒーを飲む。おもむろに広美が口を開いた。

「なにかあったの？」

すぐには答えられなかった。俯いて、どこからどう話せばいいか逡巡しているうちに、不自然な沈黙の時間が続く。アルファとつがいになってしまったことを話すために会いに来たというのに、悠斗は切り出し方を考えてこなかったのだ。

けれど、その間だけでじゅうぶんだったのだろう。母親はため息をついて、「無理に話さなくてもいいのよ」と柔らかな声で言ってくれた。

「この週末、予定がないならゆっくりしていきなさい。あなたが話したくなったら話してくれていいから」

「……ありがとう……」

悠斗は頭を下げた。つくづく母親という存在をありがたく思う。なにがあっても全面的に味方でいると明言してくれている。

アパートに戻っても、一人で鬱々とよくない思考にはまるだけだ。母親と他愛もないおしゃべりをしたり買いものをしたりして過ごせば、きっと気晴らしになるだろう。母親を誘って旅行に出かけてもいいかもしれない。

「母さん、どこか行きたいところはある？　ちょっと旅行しない？　じつは有給を消化しろって言われていて、休ませてもらえそうなんだ」

「あら、どこかへ連れていってくれるの？」

広美はさっそくあそこがいい、ここがいい、と提案してくる。相談しているうちに楽しく時間が過ぎていった。

無機質な会議室に通されてから、もうすぐ二十分になる。

島崎が苛立っているのが伝わったのだろう、青山が怯えたように半歩下がって距離を置いた。面白くない。

胡乱な目を向けると、これといって特徴のない顔をしているベータの社員は「段取りが悪くてすみません」と頭を下げた。月曜日から幸先が悪い。時間どおりに訪問したのに待たされているのは、先方の都合であって青山のせいではなかった。

「おまえが謝ることじゃないだろう」

「あ、はい」

「いちいち怯えるな。やりにくい」

「すみません」

「暇だから、なにか面白いことを言え」

「えっ」

あわわわ、と青山がうろたえた。その様子が普通に面白かったので、島崎はわずかに機嫌を浮上させた。

悠斗に内勤を命じてから五日が過ぎた。島崎は週明けの今日からでも悠斗の配置を元に戻そうと考えていたのだが、体調を崩したらしく有給休暇を申請されて休んでいる。

先週金曜日、島崎が会社を空けているあいだに悠斗は早退した。ひどく顔色が悪かったと角田に聞いて心配したのだが、あれだけ居丈高に振る舞っておいて見舞いに行くのはどうなのかと余計なことを考えてしまい、なにもしていない。メールすら一通も送っていなかった。

島崎は青山から顔を背けて、こっそりため息をついた。

仕事に集中しきれていない。気づくと悠斗のことをつらつらと考えている。

あのとき——十二月三十一日の午後、悠斗は全裸で廊下にうずくまり、「ごめんなさい」と泣きながら謝っていた。

あの哀れな姿を思い出すたび、胸が痛む。発情期は計画的ではなく、なにか事情があったのかもしれない——。本当にそう思った島崎は、少し調べてみた。

オメガの抑制剤はずいぶんと開発が進んでいるが、飲み続けなければすぐに効果が途切れることを知った。

それに、アルファ用の抑制剤も効果が高いものが市販されているらしい。島崎がアルファと診断されたのは、もう二十四年も前のこと。そのころにはなかった薬が一般的になっている。

発情期の対策はオメガがするものと決めつけて、無関心だった。この会社にも、確率的に数名のオメガが在籍している可能性がある。彼ら、彼女らを経営者として守るために、島崎はもっとバース性について学ばなければならなかったのだ。

十二月二十八日の午後から、島崎は片時も悠斗を離さずにセックスしていた。悠斗は薬を飲む余裕がなかったのかもしれない。それならば、悠斗だけでなく島崎にも責任がある。いまごろ悠斗はどうしているだろうか。体調は戻っただろうか。一切連絡をしてこない島崎のことを、どう思っているだろうか。

まさか嫌いにはなっていないだろうな、と考えて、島崎はぞっとした。悠斗がもし島崎以外のアルファに身を任せるようなことになったとしたら。いてもたってもいられない。花のような体臭と、腕に抱くとしっくりくるサイズのしなやかな肢体。仕事中は凛として硬質な表情を崩さないのに、プライベートになるとたんに素直な気持ちを顔に表すようになる。恥じらったり、笑ったり、拗ねたり、ちょっと睨んできたり。ささいな表情の変化のすべてが、島崎には好ましかった。

好きだと言ったとき、悠斗は涙ぐんだ。あのときのことを思い出すと、胸がキュッとなる。まるではじめての恋に戸惑う思春期の少年のように。

自分がこれほど純粋に人を愛するようになるとは想像もしていなかった。

（ちくしょう……）

島崎はぐっと拳を握った。

（いますぐにでも会いに行きたい）

顔を見なくなってから、まだたったの三日だというのに、心が悠斗切れを起こしている。島崎の方はこんなに会いたいと思っているが、悠斗はどうなのか。謝罪の言葉も「会いたい」の一言も送ってこないのはどうしてだ。頑なな態度を崩さない島崎に愛想を尽かしたとは思いたくなかった。

悠斗をだれにも渡したくない。もうつがいになったのだ。そうだ、悠斗は自分だけのものになったはず。

（明日まで待っても音沙汰がなかったら……一度メールを送ってみようか。俺から折れるのは癪だが、仕方がない）

島崎はため息とともに決めた。

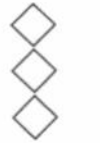

母親が和歌山県の動物園までパンダを見に行きたいと言ったので、悠斗はすぐに宿と航空券の手配をし、実家を訪ねた日の午後には出発した。このあたりの準備は秘書を仕事としているのでお手のものだ。

和歌山県で週末を過ごしたあと、これまた母親の希望で大阪の水族館へ行き、ついでに大型テーマパークも楽しみ、遊び回った。母親は動物園や水族館でいくつものぬいぐるみを購入し、はしゃいでいた。持ち歩けない量だったので、宅配便で送った。

「恭平さん、きっとうらやましがるわね」

「ぬいぐるみを？」

「ちがうわよ。悠斗と私が二人きりで旅行しているって聞いたら、仲間はずれにされた～って泣いちゃいそう」

「ああ、まあね」

和歌山へ旅立つ前、悠斗は広美が父親へ連絡すると思っていた。留守中に、父親が愛しい元妻へ会いに来たら留守だった、なんて事態になったら気の毒だと思ったのだが、広美はなにも知らせないと主張した。

「だって、知らせちゃったら絶対についてこようとするわよ。あの人、息子大好きパパだもの」

「いや、さすがにそれはないでしょ。というかできないんじゃない？ Tsukimisatoホールディングスの社長だよ？」

いきなりのスケジュール変更はかなり無理がある。周囲が許さないだろう。けれど、父親はそれらを振り切って羽田空港に向かいかねないところがあるのは確かだ。

行き当たりばったりにしては充実していた四泊五日の国内旅行を終えたあと、週の半ばに、悠斗は広美とともにいったん実家のマンションへ戻った。

旅行中、母親は悠斗に、いつアパートへ帰るのかとは聞かなかった。何日も行動をともにしていれば、悠斗がうなじにシールを貼っていることに気づく。広美の方から事情を聞き出そうとはせず、悠斗が話すのを待っている感じだった。

　だから旅先で、悠斗はみずからぽつぽつと島崎のことを話した。アルファとオメガというバース性は抜きにしても、悠斗は愛した人に拒絶されたのだ。もう島崎のことは諦めたはずなのに、話しているあいだに気持ちが高ぶってきて、涙がこぼれた。母親は黙って寄り添っていてくれた。

　有給を消化したあとはどうするか、悠斗は具体的なことをなにも考えていなかった。島崎の顔を見るのは辛い。もういっそのことＫ＆Ｓカンパニーの派遣を辞めた方がいいのではないかと思った。

　それでも盆や正月でもないのにいつまでも実家でだらだらしていることに飽きてきて、悠斗は一度アパートに戻ることにした。

　電車を乗り継いで見慣れた駅で降り、三年暮らしているアパートに帰った。一週間近くも留守にしていたため、階段下に設置された郵便受けにはたくさんのダイレクトメールやチラシが入っていたが、それを片づける気力がない。そのままにして、悠斗は自分の部屋に入った。

「今晩の食事、どうするかな」

　冷蔵庫の中は空だ。なにか食材を買ってきて作るのは面倒くさい。なんだか体が怠(だる)くて、頭がうまく回らなかった。ぼうっと座りこんでいたら、あっというまに一時間がたっていた。旅行疲れだろうか。

秘書として働きはじめてから旅慣れして一週間くらいは平気だったはずなのだが、やはり仕事ではなく母親と二人きりというので勝手がちがったのかもしれない。広美はマイペースではあっても悠斗が組んだ予定を崩すことなく、わりと従ってくれたのでストレスは感じなかったつもりだったが。

「なにか弁当を買うか、どこかでサッと食べようかな」

悠斗はよいしょと立ち上がり、アパートを出た。外はいつしか日が暮れていた。ずいぶん長くぼんやりしていたようだ。

部屋を出てきたはいいが、まだ腹が空いていない。なんとなく電車に乗った。なにも考えていなかった。本当に、なんとなく足が向くまま、電車を乗り継いだ。

気づくと、タワーマンションの前に来ていた。我に返ってびっくりする。島崎の自宅だった。

エントランスまわりには煌々(こうこう)と明かりがつき、自動ドアの中には常駐している警備員の姿が見える。その奥には管理人室があり、こちらも二十四時間、だれかがいるのを知っていた。

悠斗は彼らに顔を覚えられている。島崎は悠斗を秘書だと紹介してくれたが、週末のたびに泊りこんでいたからただの秘書ではないと見当がついていただろう。もうこのマンションには来ないと説明したかどうかはわからない。けれどウロついているのを見つかったら島崎に報告されるのは確かだった。

エントランスから離れて街路樹のあたりまで移動する。島崎の部屋がある上階を見上げていたら、タクシーが近づいてきた。マンションのエントランス前に停車する。そこから島崎が降りてきて、悠斗は驚いた。

今日は平日だ。会社からの帰りだろう、いつものスーツ姿がきまっている。

（大雅さん……）

会わなくなってから、まだ一週間もたっていないのに、懐かしさに胸が引き絞られるように痛くなった。引き寄せられるように、ふらりと足が前に出る。

ところが、そこにもう一台のタクシーが止まり、一人の若い男がタクシーから降りてきたのが見えた。悠斗は慌てて街路樹の陰に隠れた。若い男はラフな服装をしている、見覚えのない男だった。マンションの住人だろうか。

彼は島崎に笑顔でなにかを話しかけ、なれなれしく腕にしがみついた。島崎はそれを振り払うどころか、若い男に顔を寄せてなにかを言っている。島崎の表情までは見えなかったが、それだけで、悠斗は二人が親密な関係にあることが想像できた。

「……うそ……」

あまりの衝撃にふらりとよろめいた。島崎はもう悠斗を忘れて以前の生活に戻り、若い男と夜を過ごすようになったのか。

しかも、自宅に連れこんでいる。体だけの関係の男たちと遊ぶために借りていた、それ専用の部屋は解約したから自宅に連れてきたのか。

（自宅に入れた他人は、角田さんと僕だけだと言っていたのに！）

せめて、ホテルへ行ってくれていれば。それが面倒だったのか。それとも自宅に他人を入れていない云々（うんぬん）は嘘だったのか。

ショックのあまりめまいを覚えた。平衡感覚があやしくなり、近くのガードレールに手をつく。吐き気までこみ上げてきて、悠斗はその場にしゃがみこんだ。吐きたかったが、昼以降、何時間もなにも食べていない。胃が空っぽだった。

帰りたい。

悠斗は自分のアパートに早く帰りたくなり、流しのタクシーを拾った。とても電車を乗り継いで帰る気力がなかった。

「お客さん、気分が悪いんですか？」

走り出してすぐ、悠斗の具合が悪そうなのを、タクシーの運転手は気にしはじめた。大丈夫です、と答えて車窓を眺める。三十分ほどで帰りつき、悠斗は狭いアパートの自分のベッドにそっと横たわった。

微熱が出ているかもしれない。シャワーも浴びず、悠斗はそのまま布団を被って寝た。

翌日になっても気分がよくならず食欲もなくて、悠斗は母親を頼って実家へ戻ることにした。電車の乗り換えの都度、駅のホームで休み、いつもの倍の時間をかけて実家にたどり着く。

「まあ、ひどい顔色だわ」

母親は悠斗を迎え入れてくれ、かいがいしく世話をしてくれた。かつて自分の部屋だったところで体を休め、広美が用意してくれたスポーツドリンクを少しずつ飲む。体の怠さはなくならず、微熱も続いていた。

「悠斗、病院へ行きましょう」

どこか決然とした母親の口調に、悠斗はベッドから目を向けた。

「病院へ行くほどじゃないよ。ただの疲れだ」

「いいえ、行った方がいいわ」

「でも——」

面倒くさい、という言葉を口にしようとしたとき、広美が「主治医の先生に電話するから」と言った。

「主治医って……専門病院の?」

「そうよ。すぐに予約を取りましょう」

十三歳のときからかかっているバース性専門病院は、完全予約制だ。患者のプライバシーを守るためだった。悠斗は半年に一回、そこで発情抑制剤を処方してもらっている。次の予約は来月だ。それより前に急遽受診しろと、広美は言っている。

その理由を聞きたくなくて、悠斗は「行かない。必要ない」と拒んだ。

「いいえ、行かなくちゃだめ」

「行きたくないっ」

「あなた、妊娠しているんじゃないの？」

確信をこめた母親の言葉に、悠斗は愕然とした。目の前が真っ暗になる。もしかして、と思わないでもなかったが、はっきりさせるのが怖かった。発情期中にアルファと三日間もこもってセックスしていたのだ。

オメガ男性の妊娠は、一般的な女性の妊娠とは経過が異なる。発情期中にしか妊娠する可能性がないため、受精日時がはっきりしているからだ。

発情期一日目は大晦日だった。その日から数えると、十三日がたっている。受精し着床していたら、オメガ男性によってはもう体調に変化があり、つわりがはじまる時期だった。

「抑制剤を飲み忘れて発情期が来てしまい、そばにいたアルファと性交してしまったことは仕方がないわ。でもそのあと、アフターピルを飲んだ？　あたりまえすぎてわざわざ聞かなかったけれど、もしかして飲んでないんじゃないの？」

飲んでいなかった。

島崎に冷たく突き放されて、別れが確定し、悲しみのあまりそこまで考える余裕がまったくなかった。アフターピルの存在を思い出したのは、母親との旅行先でだった。その時点で、すでに一週間が過ぎていた。

おまけに十三歳のときから十二年間も続けていた抑制剤の服用もすっかり忘れていることも思い出し、悠斗は自分に呆れてしまい、半ば自暴自棄になっていた。面倒なことはすべて忘れて旅行を楽しもうとした。深く考えたくなかったのだ。

「診察の予約をするからね」

母親が自分の携帯電話を操作して病院の予約サイトを検索しはじめる。悠斗は起き上がってそれを阻止しようとした。

「行かない、母さん、僕は行かないからっ」

「ダメよ、診察してもらわないと」

「デキてない。ただ疲れが溜まっていて、それで、体調が悪いだけだ」

「だったらそれを診察してもらいましょう」

「母さん、母さん！」

「悠斗、私はあなたの味方だって言ったでしょう。とりあえず先生に診てもらいましょう。なにごともなければそれでいいじゃない」

なにごともないわけがない。発情期の三日間、ずっとセックスしていた。あれで妊娠しなければおかしいほど、何回も何回も、島崎の種を腹の奥に注いでもらっていたのだ。

「もし、万が一、妊娠していたら、あなたの判断に任せるわ。私はあなたの決めたことに一切、反対しない。悠斗がオメガだとわかったときから、そう決めているの」

真剣な顔の母親を、悠斗は潤んだ目で呆然と見つめた。

「僕の、判断？」

「産むか、堕ろすか、当事者である悠斗が決めなさい」

堕ろす。

その残酷な響きに、頭から血の気が引いた。

「お相手のアルファとはもうお別れして、未来がないのでしょう？　だから無理に産めとは言わないわ」

「母さん……」

がくがくと全身が震えた。まだ命が宿っているかどうかわからない——けれど高確率でそこにあらたな命が芽生えているかもしれない腹を、悠斗は思わず守るように両手で押さえた。背中を丸めて震える悠斗を、広美が抱きしめてくる。

「でも、悠斗が産むと決めたなら、私は全力で支援するわ。情のないアルファの父親なていなくても、立派に育ててみせましょう」

「……あの人は、自分の子供なんかいらないって言っていた……」

「じゃあ、隠れて産みましょう。東京にいたら見つかる可能性があるから、どこか空気のいい地方に引っ越してもいいわね。育児は田舎(いなか)の方がいいでしょう。教育なんて、その気になればどこででも受けられるわ」

「……僕が、産んで、育てる……？」

「そうよ。大丈夫、あなたは一人じゃない。私がいるわ。二人で育てましょう。恭平さんだってついている。薄情なそのアルファ社長から養育費なんてもらわなくても、恭平さんは心強いスポンサーよ」

ああでも、と広美がため息をついた。

「あなたが独身のまま子供を産むなんて知らせたら、あの人、どこのどいつが相手だって激怒して暴れそうね」

その様子は容易に想像できる。悠斗はついフッと笑ってしまった。少し気持ちが落ち着いたようだ。悠斗は起き上がり、ベッドの上で自分の腹を撫でた。妊娠しているかもしれないと考えないようにしていたから、母親に現実をつきつけられてパニックになってしまった。けれど、いつまでも逃げていてはいられない。

広美が「はい」とスポーツドリンクのペットボトルを手渡してくる。それを何口か飲み、ひとつ息をついた。

「病院の予約を取るわよ。いいわね？」

「うん」

悠斗がはっきりと頷いたのを見て、広美はあらためて携帯電話の操作をした。

法整備が進んだとはいえ、バース性専門の病院は数が少なく、いつも予約はいっぱいだ。そのためなかなか空きがなく、翌週半ばに緊急枠の予約をなんとか取ることができた。

夜のうちに長谷川に電話をかけ、事情を話した。長谷川から角田に連絡をしてもらい、体調が戻らないからという理由で週明けの仕事復帰を延期してもらった。

予約の日、悠斗は広美と連れだってバース性専門病院へ出向いた。

診察結果は、『妊娠』だった。

発情の時期から数えると、すでに三週目に入っている。最新のエコー検査機器に映し出されたのは、胎児ではなく、まだ胎芽と呼ばれるものだった。心音が確認できる段階ではないが、そこにはたしかに命があった。

「それで、どうしますか」

悠斗の主治医である壮年の男性医師には、診察前の問診で相手のアルファとはつがいになったが結婚できないと伝えてあった。気遣わしげに尋ねてくる医師に、悠斗ははっきりと答えた。

「産みます」

動揺のあまり母親に醜態をさらした日から、五日がたっている。悠斗はこのあいだに冷静になり、よく考えて、結論を出していた。医師は「そうですか」と頷きながら、少し安堵したような表情をしている。

十三歳のときから主治医は代わっていない。やはり医師も人なので、長く面倒をみているオメガのことは、いろいろと思うところがあるのだろう。

「それで、出産する病院について相談があります。相手のアルファに知られたくないので、地方の病院を紹介してもらうことは可能ですか」

「可能ですよ。オメガ男性の出産に対応している病院はいくつかありますから、この中から選んでくれて構いません」

そう言いながら医師がバース性専門病院の一覧表を取り出し、その中のいくつかにペンで印をしてくれた。

「お母様がつき添われると思いますが、利便性とか周辺施設の充実とかも検討対象になるでしょう。まだ時間はありますから、ゆっくり調べて決めてください」

「ありがとうございます」

「悠斗君は体調が安定している方なので、仕事はしてもらっても大丈夫だと思います。ですが、無理は禁物です。ハードな内容も避けてください。できればデスクワークが望ましいですね」

主治医は悠斗が派遣秘書をしていることを知っている。仕事内容について長谷川にまた無理をお願いする必要があるかもしれないと、悠斗は申し訳なく思った。

病院の行き帰りは贅沢してタクシーを使った。広美が「そのくらい出すからタクシーで行きましょう」と言ったからだ。やはり悠斗はつわりの症状があり、電車の人混みは無理そうだった。

帰りの車中での話題は、もっぱら父親にいつどうやって打ち明けるか、だった。

だれがどんなふうに話しても、父親は取り乱しそうだ。

「僕が言うよ。自分のことだし」

「大丈夫かしら。錯乱して暴れたら、あなたの身が危ないわ」

「そんな、野生動物みたいに……。でも、人目のあるところで話そうかな」

「それがいいかもしれないわね」

「いや、やめておこう。だって父さんはわりと有名人だ。けっこう顔が知られている。オメガの若い男と子供ができただの話していたら、愛人だとか誤解されそうだ。一応、バツイチの独身ではあるけど、外聞が悪いよね。離婚したのは十年以上も前だから、息子がいたことも忘れ去られていそう。下手にマスコミに騒がれて悪い印象をばらまかれて、株価が下がったら大問題になる」

「あら、そんなことで株価が下がるの？」

「市場は繊細なんだって」

とりあえず、父親の秘書に内密で連絡を取り、どのタイミングで打ち明けるか相談しよう、ということになった。激怒したあとに腑抜けになり、使いものにならなくなったらダイレクトに迷惑を被るのは周囲の人たちだからだ。Xデーの翌日が休みなら影響は最小限で済むだろう。

そんなふうに元妻と息子に思われているアラ還の社長ってどうよ、と思わないでもなかった。

島崎はもう何十回目になるかわからない、大きなため息をついた。手にしていた万年筆を放り、チェアの背もたれに体重をかける。

「いまどき直筆サインと印鑑が必要なところがいくつもあるってのは、日本の遅れている部分だよな」

「ご面倒をおかけして、申し訳ありません」

青山のせいではないのに頭を下げられて、島崎はますます憂うつな気分になった。横に立っている角田と青山が、もの言いたげな空気で顔を見あわせているのも気に入らない。

「なんだ、おまえら、俺に言いたいことがあったら言えよ」

イライラして睨みつけると、角田が書類を青山に渡して社長室から出ていかせた。

「島崎、ここのところ情緒不安定すぎて社員たちが困っているぞ」

「人を思春期みたいに言うな」

「思春期だろ。初恋相手と連絡がつかなくなって仕事に身が入っていない」

「気持ちの悪い言い方をするなっ。どこが初恋だ。俺をいくつだと思っている！」

とんでもない表現をされて島崎はムカッとした。拳をガンとデスクに叩きつける。

「三十七だろ。俺と同い年だ。でも精神年齢が著しく低い。昔から子供っぽいところがあるやつだなと思っていたが、これほどだったとは驚きだ。実業家としての能力と情緒というのは、あまり関係ないんだな」

「おい、だれにものを言っている。クビにされたいのか」

「おお怖い。こんどはパワハラか」

島崎は本気で怒っているのに、角田に鼻で笑われて頭に血が上った。

「おまえ、俺を馬鹿にしているのか。思春期だとか初恋だとか、わけのわからんことを。

本当にクビにするぞ。おまえがいなくとも俺は一人でやっていける！」

「クビにしたいなら、どうぞ。これでも外でかなりの信頼関係を築いてきたから、ここを解雇されても行き場所には困らないんでね。おまえからしたら、俺はフォロー担当の副社長で、みずからはなにも生み出していないように見えるかもしれないが、そういう能力を買ってくれている人はたくさんいるんだよ」

うっ、と島崎は言葉に詰まった。学生時代から角田に助けられてきた島崎は、彼の調整力が類い希なものだと知っている。起業する力があっても継続する能力に欠けているような人物にとって、角田は得がたい能力者だった。

島崎がこの歳まで会社を潰すことなく成長させ、かつ自由に動けているのは、角田のおかげなのだ。島崎は馬鹿ではないので、よくわかっている。

さあどうする、といった顔で凝視してくる角田を、島崎はぐっと睨みつけ――目を逸らした。

「……すまん。感情的になって余計なことを言った……」

「もう一声」

「俺が悪かった。辞めないでくれ」

「わかった」

角田があっさり頷いたので、島崎はひとまず安堵する。仕事に集中しきれていないいま、角田に去られたら本当に会社が立ちゆかなくなってしまうかもしれない。どうやら角田は呆けている島崎に灸を据えるつもりで厳しいことを言っただけのようだ。

「島崎、奥野君に連絡を取っていないのか？　休みはじめて、もう二週間にもなるっていうのに、心配じゃないのか」

友人の顔で角田にそう言われ、島崎はぐっと唇を引き結んだ。じつはもう何度かメールを送ってみたが、一度も返事がないとは言えない。

「たしかにバース性を偽っていたのは、おまえに対してマズかった。だが一昔前とちがって、薬さえ飲んでいればベータと同様の日常生活が送れるようになっている。わざわざオメガと公言して仕事をするよりも、余計なトラブルを招かなくて済むんだろう。長谷川オフィススタッフの社長もそれを了承していたわけだから、彼ばかりを責められない」

「それは、わかっている」

「しかも、おまえは女性とオメガは嫌いだと公言していた。奥野君が打ち明けられなかったのは当然だ。ぜんぶ、おまえが悪い」

そんなこと、あらためて言われるまでもない。

先週、自宅マンションの前でかつてのセフレに迫られた。会社からタクシーで尾行してきたらしい。ストーカーじみた行為に腹が立ったし、島崎の激しいセックスが忘れられないと言われて嫌悪感を抱いた。エントランス前で揉めていたのを警備員が気づき、出てきてくれたので元セフレは諦めて帰っていったが、過去の最低だった自分を突きつけられたようで自己嫌悪に陥った。

「……じつは、先週から毎日メールを送っているんだが、返信がない」

「えっ」

角田が絶句している。嫌な沈黙のあと、角田が盛大なため息をついた。

「電話は？」

「何度かかけたが、応答はない」

「自宅は知っているのか」

「知っている。部屋まで訪ねたことはないが、アパートの前までなら何度か送っていったことがある」

「じゃあ、今夜にでも訪ねろ」

角田が妙に切実な口調で言ってきた。

「……ずっと気になっていたんだが……彼、妊娠した可能性はないのか」

まさか、と島崎は即座に否定しようとして、否定しきれないことに呆然とした。

発情期中に、避妊せずに何度もセックスしていた。それこそ悠斗の腹がうっすらと膨れるほどに中出ししたような記憶がある。

「男性のオメガが発情期中に妊娠する確率は、ほぼ百パーセントだと聞いたことがある。逆に発情期以外では妊娠しない。突発的な発情期だったなら避妊はしていなかっただろう？　その後、奥野君がアフターピルを服用していたら可能性はぐっと低くなるが、本人とそういう話をまったくしていないのなら、確かめた方がいい」

しごく冷静に角田がそうアドバイスしてくる。さすがもうすぐ三人目が生まれる父親だ、などと感心している場合ではない。

「いや、でも、そんな……。いくらなんでも、アフターピルくらい飲んだだろう？」

普通、あれだけひどい態度を取った男の子なんて、孕みたくないのではないか。

「だから、それを本人に聞けと言っているんだ。奥野君が休みはじめて、もう二週間になる。とうに有給休暇は使い切っているから、長谷川オフィススタッフからは別の秘書を派遣するかどうかの問いあわせがあった。おまえの一存で保留になっている。俺は奥野君からなにも事情説明がないことが心配だ。責任感が強い彼の性格からして、一言の連絡もなくこんなに休むのはおかしいと思わないか。復帰時期が未定なんだぞ？」

呆れた口調で角田に言われても、島崎は往生際悪く頭を抱えた。

妊娠。もし悠斗が島崎の子を孕んでいたら――。

「え、ちょっと待て、俺、父親になるのか？」

「可能性の話をしただけだ。でももしもの場合は、潔く責任を取れよ」

「責任……」

「産む、産まないを決めるのは本人だ。彼が産むと決めた場合、きちんと養育費を払え。生活費も援助しろよ。産まないと決めたときは、慰謝料をたっぷりと払え」

角田が常識的な対処を口にしているのは理解できたが、いずれも悠斗のそばに島崎はいないことが前提になっている。友人だからこそ容赦ない想定に、島崎ははっきりと傷つい

〈 連絡先
奥野 悠斗

た。

はじめて愛した――角田は初恋だと揶揄をこめて表現したが、たぶん当たっている――悠斗が、たった一人で出産して育児をする光景を想像し、島崎は悲しくなった。

たしかに子供はほしくないと言い続けてきた。バース性に固執する父親への反発だった。自分のようにバース性で人権を無視されるような子供をつくりたくない、という思いもあった。

けれどもし、悠斗が身籠もったのなら。

あの可愛い悠斗の子なら、可愛いのではないだろうか。

島崎の最低の言動を許してくれなくていい。悠斗と子供が何不自由なく暮らせるように経済的な支援は惜しまないし、一日だけでも子供に会わせてくれれば、それで――。

「子供の名前は俺が考えてもいいだろうか。あつかましいかな」

「おまえはどうしてそう思考が一足飛びになるんだ」

角田に肩をド突かれて、島崎はおろおろと視線を泳がせた。とりあえずメールを送ってみようと、私用の携帯電話を操作する。

『連絡を請う』

まるで業務用メッセージのようだったが、なんと文章を綴ったらいいのかわからなかった。しばらく待ってみたが返信は届かない。つぎに電話をかけてみたが、そちらもやはり応答はなかった。

「今夜、悠斗のアパートに行ってみる」

「行くのはいいが、ドアを開けてもらえなくてもしつこくするなよ。通報されるぞ」

「わ、わかった」

その日の夜、島崎は仕事終わりにさっそく悠斗のアパートへ行ってみた。二階の角部屋だと聞いていたので階段を上ると、表札にはきちんと『奥野』とあった。

緊張しながら呼び鈴を押す。室内でピンポーンと鳴ったのが聞こえた。しばらく待ったがなんの物音もしない。もう一度押してもおなじだ。留守なのか、と拍子抜けして島崎はアパートを出た。買いものに出かけているだけかもしれない。けれどどこかで待つにしても、そんな場所はなさそうだった。

一階の階段下にスチール製の全室の郵便受けが並んでいる。『奥野』というプレートがつけられた郵便受けを見つけて、島崎はハッとした。ダイレクトメールやチラシが、溢れるほどになっていたからだ。

これは、一日や二日の不在ではこうならない。悠斗はずっと留守にしているのか。

島崎はコートのポケットから携帯電話を取り出し、長谷川オフィススタッフの代表電話番号にかけた。何度か呼び出し音が繰り返されたが、だれも応答しない。時刻は午後七時を回っている。社員は退社しているのだろう。

タイミング悪く、今日は金曜日だ。派遣会社に悠斗のことを聞こうにも、月曜日まで待たなくてはならない。

島崎はアパートを道路側から見上げた。悠斗の部屋はカーテンが引かれ、一筋も光が漏れていない。人の気配がする他の部屋とはあきらかにちがっていた。

もっと早く動き出せばよかった。悠斗の行方が気になってならない。

仕事などではなく、なにかもっと別の理由でアパートに戻ってきていないとしたら。

（……病院、とか？）

想像しただけで背筋がゾッとした。妊娠していなかったとしても、病気が見つかって入院しているのかもしれない。健康体に見えても、まだ若くても、人は病気に罹るときは罹るのだ。

だれか悠斗の近況を知っている人間はいないのか。

（そうだ、母親……）

都内に母親が住むマンションがあり、そこが実家になると悠斗は話していた。実家に帰っているのかもしれない、と思いついた。だが実家の住所など知らない。

結局、島崎が問いあわせることができるのは、長谷川オフィススタッフだけだ。

たしか、悠斗は社長の長谷川を両親と知己だと言っていた。それならば、実家の住所を知っているだろう。会社が社員の個人情報を教えてくれるとは思えないが、島崎にはそこしかなかった。

島崎は土曜と日曜をじりじりとしながら自宅で過ごし、月曜の朝九時に、自社の社長室から長谷川オフィススタッフに電話を入れた。女性の声で応答があり、名乗ってから社長の長谷川に繋いでくれるように頼む。すぐに内線に切り替わり、『お電話代わりました、長谷川です』と落ち着いた男の声が聞こえてきた。

「おはようございます。K&Sカンパニーの島崎といいます。いつもお世話になっております」

『ああ、島崎さん。おはようございます。こちらこそ、お世話になっております。なにかご用ですか？　わざわざ社長が直接電話をかけてくるとは』

ふふふ、と長谷川が意味深に笑う。島崎はいやな予感がした。

「いえ、そうではなく……そちらから我が社に派遣されている奥野悠斗について、いくつか尋ねたいことがあるのですが」

『奥野は体調不良のため休みをいただいております。復帰時期は未定です。あらたな秘書の派遣をご希望でしたら、承りますが』

言葉の端々に棘があるように感じる。もしかして、長谷川は島崎と悠斗の関係を知っているのではないだろうか。派遣した社員が二週間も休んでいるのに、長谷川からはいっさい申し訳なさが伝わってこない。悠斗の体調不良の原因が島崎だと断定しているのかもしれなかった。

島崎はひとつ息をついた。

「彼と連絡を取りたいのです。いま確実につながる連絡先を教えていただけませんか」

『ほう、連絡を。奥野の仕事用の携帯電話番号とメールアドレスはご存じですよね？』

「仕事用の携帯には、もう何度も連絡を試みましたが、返事がありません。できればプライベートの連絡先を知りたいのです」

『プライベートですか』

「……個人的なことで、彼と話をしたいと思っています」

『なるほど、個人的なこと。それは大変ですな』

ふふふ、とまた長谷川が笑う。島崎は携帯電話を手にしたまま目を閉じた。イライラしてきたが、ここは忍の一字。悠斗に繋がる人物は、この長谷川しかいない。

『個人的なこととは、具体的にどういった内容でしょうか』

「それは、その、プライベートなことなので」

『奥野のバース性に関することでしょうか？』

長谷川の方から踏みこんできた。

『あなたと二人きりでいるときに発情期になってしまったことは聞いていますよ』

やはり知っていたか。島崎は、ならば話は早いと思った。

「奥野悠斗から聞いているなら事情はわかっているはずです。彼はいまどこにいますか」

『さあ、どこでしょう』

とぼけた口調に、このクソジジイ、と腹の中で悪態をつく。

「教えてください。悠斗はどこにいますか。彼は元気ですか」

『元気だと聞いていますよ』

「長谷川さん、俺はいま、一人の男としてあなたと話しています。悠斗の居場所を知りたいんです。どこでなにをしているのか、あなたは知っているんでしょう？」

『あんたのような傲慢なアルファに、息子同然の大切な悠斗君の居場所を教えるわけがないでしょう』

とうとう長谷川が本音を吐きはじめた。

『彼がバース性を偽っていたからどうだというんです。薬を飲み忘れただけだ。あんたは自分が被害者のように感じたでしょうが、悠斗君だって被害者だ。アルファ用の薬だってあるのに、どうせあんたは服用していなかったんでしょう？　つがいになったアルファに拒まれて、彼がどれほど傷ついたか、あんたにはわからないんですか！』

耳に痛い言葉だ。混乱していたからといって、あのあとの自分の言動が最低だったことは自覚している。だからこそ、悠斗と話したい。

「長谷川さん、頼みます。悠斗の居場所を教えてください」

島崎は空いている片手で顔を覆った。もう泣いてしまいたいくらい参っている。

「あいつが自宅のアパートに何日も戻っていないのはわかっています。実家に帰っているなら、住所を教えてほしい。ただ話をするだけです。俺の顔を見たくないと言うなら、電話で声を聞くだけでいい。あいつが元気なら、それでいいんです」

『……信用できませんね』

ため息が電話越しに聞こえる。

『教えられません』

きっぱりと拒絶されてしまった。

『せいぜい足掻いてください。いままで好き勝手してきた報いだとでも思いながら』

長谷川はそう言い捨てて、容赦なく通話を切ってしまった。

島崎は携帯電話を持ったまま、しばし愕然とした。

二月の第二土曜日、悠斗は新宿の外資系ホテルに来ていた。

五十二階建ての建物の三十九階にボールルームがある。そこでは政財界の重鎮が集う謝恩パーティーが開かれていた。招待客はそうそうたる顔ぶれのため、セキュリティは厳しい。そのフロアにいたる階段とエレベーターは警備員とホテルの従業員がしっかりチェックしていた。

しかし悠斗は父親の秘書に頼んで招待券を手に入れており、堂々と中に入りこむ。

悠斗は自宅アパートに置きっぱなしになっていたオーダーメイドのスーツを取ってきて、すっきりと着こなしていた。生地の色はオーソドックスだが、インに着たシャツとネクタイ、ポケットチーフで工夫すれば、じゅうぶんパーティーにふさわしい装いになる。

秘書として何度もこうした場に顔を出したことがあるので、悠斗はいまさら臆さない。それに、今日は仕事ではなく、自分の父親に会うためだった。

悠斗がボールルームに到着したのは、パーティーがはじまってすでに一時間以上が過ぎたころだ。帰る間際の父親を捕まえて話をするつもりだった。いまは土曜の夕方で、このパーティーのあと、今日はもう父親に予定がないことは秘書に確認済みだ。

立食形式のパーティーなので、グラスを片手に出席者はあちらこちらで数人ずつのかたまりになって談笑している。煌びやかなドレスや着物姿の女性もいるが、スーツ姿の中高年男性が七割を占める会場をぐるりと見渡し、悠斗は父親を探した。

「悠斗さん」

横から声をかけられた。人をかき分けて中年の男性が歩み寄ってくる。メタルフレームのメガネをかけた中肉中背の彼は、父親の秘書だ。

「こんにちは、秋葉(あきば)さん。今日はわがままを言ってしまってごめんなさい」

「いいえ、いいんです。招待状を融通するくらいなんてことありません。悠斗さん、私もできるだけ力になりますから」

「ありがとう」

秋葉とは十年も前からの顔見知りだ。事情はすでに話してある。自分は周囲の人間に恵まれているな、と悠斗はありがたく思った。

「チェックインは済ませましたか」

「ええ、さっき」

父親とはホテルの客室で話をするつもりで、部屋を取ったのだ。もちろん秋葉にはついてきてもらって、もし父親が動転したら宥めてもらう予定だった。その後、広美も来ることになっている。父親が落ち着いたら、三人で夕食を取りたいと思って。

「父さんは？」

「あちらに」

秋葉の視線の先には、父親がいた。アルファは総じて長身だが、父親も背が高い。伸びた背筋とバランスのとれた体軀は五十代後半のアラ還とは思えないほど健康的で、談笑している横顔も生き生きとしている。母親の広美と並ぶと、まさに美男美女といった理想のカップルになるのだ。

「そろそろ社長は切り上げるころだと思いますので、こちらでお待ちください」

秋葉に促されて、出入り口付近の壁際に置かれた休憩用の椅子に座った。ふう、とひとつ息をつく。やはり人が多いところはまだダメだ。食べ物の匂いと女性の香水が混ざり、絶賛つわり中の悠斗を苦しめる。

それでもここまで出てきたのは、自分の口で父親に話したかったからだ。

ただ、どこまで事実を話すかは、父親の様子を窺いながらにした方がいいと、母親にはアドバイスをもらっている。悠斗が妊娠したこと、つがい契約が成立していること、シングルのまま産むことは、とりあえず伝える。けれど島崎の名前を出すかどうか、まだ決めていない。

(どうだろう、やっぱり取り乱すかな、父さん……)

広美はその点をすごく心配しているし、秋葉も同意見だった。けれど悠斗は、父親が我を失うほど取り乱した様子を見たことがない。息子の前では父親の威厳を保ちたいのか、悠斗が見ているところで怒鳴ったり暴れたりしたことはなかった。

もし取り繕えないほど錯乱したら、母親に任せようと思っている。

母親の広美は、今夜、父親に再婚を持ちかけようとしている。悠斗の妊娠出産を機に、協力体制を敷きたいのだ。悠斗としては、そうしてくれると大変ありがたい。

母親からの再婚話に、おそらく父親は小躍りして喜び、即日にでも婚姻届を出したがるだろう。そっちで頭がいっぱいになり、悠斗のつがい相手への関心を薄めてくれればいいのだが。

「悠斗!」

父親に呼びかけられて顔を上げた。嬉々として会場を横切り、悠斗に近づいてくる父親の姿があった。

「奇遇だな、こんなところで。ああ、仕事か?」

「いや、今日はちがうんだ。ちょっと、父さんに会いたくて」

立ち上がりながら微笑みかける。父親はてれっと相好を崩した。その横で秋葉が「あーあ」といった表情をする。月見里恭平のこんな締まりのない顔を、公の場で披露したくなかったのだろう。

「私に会いたくてここまで来たのか。そうかそうか。なにか食べたか？　もうたいしたものは残っていないが——それとも館内のレストランかカフェにでも行くか？」

「父さんがよければ、僕が取った部屋に行かない？　そこでルームサービスを頼んでコーヒーでもどう？　食事はそのあとで取ろう。じつは話があるんだ」

「部屋を取ったのか、そうか。じゃあ移動しよう」

父親が悠斗の肩に腕を回してくる。身長差が十五センチ以上あるので、父親が話しかけてくるとき少し前屈みになった。まるで髪に唇を寄せるようなポーズになっていることに、悠斗は気づかない。

ボールルームを出るとき、悠斗は秋葉がうしろについてきてくれているか振り向いた。

そうしたら、秋葉はなぜだか塩っぱい顔になっている。

まさか、アルファであるアラ還の大企業社長が、細身の若い男を口説いてお持ち帰りしようとしている図にしか見えないなんて、思いもしなかった。

退屈きわまりない政財界の重鎮が集まるパーティーに嫌気がさして、島崎はボールルームを抜け出し、無駄に広いレストルームで時間を潰していた。

最近の男性用トイレは女性用並みにきれいで広い。折りたたみ式のベビーベッドまで備えつけられている。休憩用なのか椅子が置いてあったので、島崎はそこに座り、携帯電話でネットニュースを眺めた。

途中でブブブと震えて電話の着信を知らせたが、角田だったので無視した。どうせ、面倒がらずに社長としての職務を果たせとか、怒りの文言が投げつけられるだけだ。

あれほど面白いと思っていた仕事が、いまはそれほどでもなくなっている。角田に尻を叩かれながら、そこそこに社長としての業務をこなしているだけだ。なにもかもが味気ない。

足りないのだ。悠斗が。

悠斗の居場所は、まだわからない。すでに一カ月以上も休み続けている。このまま戻ってこないつもりなのかもしれない。

あれから毎日のように悠斗のアパートに立ち寄っているが、あいかわらず帰ってきた形跡はなかった。長谷川の元へも出向いた。電話では埒(らち)があかないので直談判に行ったのだ。けれどやはり門前払いをくらい、実家の住所は教えてくれない。

しばらくしてバタバタと足音が聞こえてきた。飛びこんできたのは角田だ。

「ここにいたのか。探したぞ。電話に出ろ!」

血相を変えている角田に、島崎は渋面をつくった。

「探すなよ。もう少し休んだら戻るから」

「すぐに来い。見つけた」

「見つけた？」

よっこいしょと立ち上がる。携帯電話をスーツのポケットに入れた。

「だれか遅刻で大物でも来たのか？」

「ああ、大物中の大物だ。奥野君がいた」

「なんだって？」

「奥野君だ」

「それを早く言え！」

島崎は角田を突き飛ばしてレストルームを出た。ボールルームに戻り、長身を活かしてぐるりと見渡す。悠斗らしき人物は見当たらなかった。追いかけてきた角田にくってかかる。

「おい、いないじゃないか。どこにいたって？」

「あれ、さっきはそこの椅子に座っていたんだが……」

角田が指さした壁際の椅子には、いま着物姿の夫人が浅めに腰を下ろしていた。島崎は通りかかったウエイターに声をかけた。

「ここに若い男が座っていたはずだ。どこへ行ったか知らないか」

「若い男性、ですか？　ああ、はい、いらっしゃいました。どちらへ行かれたかはわかりませんが……お連れの方とさきほど会場を出ていかれました」

「連れ？　どこかの社長か？」

真っ先に頭に浮かんだのは、すでにどこかの会社に派遣されていて、社長か重役についてここへ来たのではないか、ということだった。

「はい、そうです。月見里様だったと思います」

意外すぎる名前に、島崎は一瞬、動きを止めた。

いまここで月見里といえば、Tsukimisatoホールディングスの代表取締役社長、月見里恭平以外にいない。このパーティーに出席していて、島崎も挨拶をした。Tsukimisatoホールディングスは K&Sカンパニーと規模も歴史もちがう、格上の存在だ。

月見里は島崎と張る長身で、もう五十代後半だというのに腹も出ておらず、禿げてもいない。離婚歴はあるが独身だ。華族の流れを汲む、生粋の御曹司でアルファ。昔もいまも、女たちの憧れの的、スターのような存在だった。

「悠斗は月見里社長の秘書になっているのか？」

思わず角田に聞いてしまったが、「それはないだろう」と即座に否定された。

「まだウチとの契約は解除されていないぞ」

島崎はエレベーターへ向かった。脇目も振らずに走っていく島崎を、すれちがった紳士や夫人が迷惑そうに眺めたが構っている余裕などない。

（いた！）

四機も並ぶエレベーターの前に、悠斗と月見里が立っていた。月見里の腕が、悠斗の腰に回っている。二人とも親密そうに、近距離で会話をしていた。その悠斗の手に、カードが握られているのを見つけた。ホテルの客室のカードキーだった。

それがなにを意味するのか。島崎は息を呑み、肩をいからせて二人へ歩み寄っていく。

「おい、島崎」

後ろから角田が腕を引いたが、立ち止まることはなかった。

「待て、島崎、おまえ、いま正気か？　おいっ」

うるさい。

最初に気づいたのは悠斗だ。穏やかな笑みを浮かべていた顔が、島崎を見つけてサッと強張る。島崎の登場をまったく歓迎していない様子に、頭を鈍器で殴られたような衝撃を受けた。

悠斗の視線をたどり、月見里が振り向いた。年齢を重ねた分、貫禄がある端整な顔に余裕の笑み。

「ああ、島崎君。君も部屋を取っているのかい？」

呑気（のんき）な問いかけに、島崎は真顔のまま切れた。ケンカを売られたと認識した。

「生憎（あいにく）と準備が悪くて、部屋は取っていません。月見里社長は、今夜はここに宿泊の予定ですか」

「いや、少し休憩をしようと思ってね」

休憩、と島崎は掠れた声で繰り返した。休憩するだけなのに悠斗を連れていくのか。そこでなにをするつもりなのか。

「休憩するためだけに、このホテルに部屋を取るとは、さすが月見里社長は格がちがう。でも体を休めることが目的なら、つき添いはいらないのではないですか」

「つき添い？　この子のことか？」

この子、と月見里が悠斗を呼んだ。この子。この子――。

たしかに月見里は、悠斗を息子のように思ってもおかしくない年齢だ。しかし、月見里に子供はいただろうか。離婚歴がある、としか島崎は知らない。月見里が離婚したのは十年以上前で、そのころ島崎はまだ二十代。やっと軌道に乗りはじめた事業のことで頭がいっぱいになっていて、月見里家の御曹司の離婚について低俗な週刊誌が騒いでいるのをわずかに覚えているくらいだ。

「もしかして、この子を私の秘書だと思ったのか？　ちがうんだよ」

月見里は照れたようにそう言い、悠斗を自分に引き寄せる。普通、成人男性を「この子」呼ばわりはしない。よほどの親密な関係でないかぎり。そして密着しない。だれが見ているかわからない、こんな場所で。

島崎はこめかみがヒクヒクと痙攣するように動きはじめたのを自覚した。

こいつら、もうやっている。そう思った。この雰囲気は他人じゃない。

「あの、島崎社長」

悠斗が固い声で一歩前に出てきた。自然と月見里の腕から離れる。

「ご無沙汰しています。ずっと休んでいてすみません。後日、あらためて連絡します」

「悠斗、島崎社長と知りあいなのか」

月見里がなれなれしくも、悠斗を名前で呼んだ。

「じつは昨年十月から、秘書としてK&Sカンパニーに派遣されていまして」

「おお、そうだったのか。悠斗が世話になったな」

その言い方！　いちいち島崎の神経を逆撫でしてくる。これはわざとなのか、それとも無意識のことなのか。

「悠斗、探したぞ。なぜメールも電話も無視するんだ。話がある」

腕を引き、月見里から距離を取って小声でそっと告げると、悠斗が戸惑ったように視線を下げた。

「ですから、それは後日……」

「俺はいまここで話したい」

島崎は悠斗の腕を摑んだ。懐かしいその感触に、睦みあった日々の記憶が鮮明によみがえってくる。

「離してください」

「悠斗、体調に変化はないか」

「えっ？」

ギクッといった感じで悠斗が全身を震わせた。怖々と島崎を見上げてくる目を見つめ、確信する。

「デキたのか」

「なんのことです」

「孕んだのか」

「こんなところで変な話をしないでください」

「変な話じゃないだろう。大切なことだ」

「離してください！」

悠斗がうろたえて大きな声を出した。眉間に皺を寄せた月見里が「おい、君」と二人のあいだに割って入ってくる。島崎の後ろからは角田が「落ち着け」と腕を引いた。

「やっと見つけたんだ。離さないぞ」

「島崎君、やめないか。いったいどうした。悠斗となにかトラブルでもあったのか」

「トラブルなんてない」

「では離しなさい。悠斗は嫌がっているじゃないか。話があるなら冷静に――」

「あんたは黙ってろ」

「は？」

月見里が目を丸くする。

「このエロジジイ」

島崎は渾身の睨みで月見里に暴言を吐いた。

「パーティーを抜け出して休憩だ？　部屋で悠斗になにをするつもりなんだ。こいつはもう俺のものなんだよ。あんたなんかに渡すもんか」

「君はなにを言っているんだ」

「俺と悠斗はつがいだ。こいつの腹には俺の子がいる」

月見里の顔色が変わった。愕然として足下をふらつかせたあと、悠斗の肩を摑み、「本当なのか」と詰め寄る。

「悠斗、島崎君が言ったことは事実なのか」

「その……」

「いったいいつ、どうしてそんなことになったんだ」

「あの、それは」

「無理やりされたのか。おまえがオメガとして生きていくつもりがないのは知っていた。それなのに、アルファとつがいになって妊娠？　望んでのことではないだろう。乱暴されて、嚙まれたんだな？　そうだろ？」

「無理やりじゃない。まあ、場当たり的ではあったが、俺たちは相思相愛だ」

「えっ」

島崎の言葉に悠斗が驚いたように声を上げたものだから、月見里が般若の形相になった。

「そう思っているのは君だけのようだぞ。よくも私の可愛い悠斗を手籠めにしてくれたな」

「こいつが可愛いのは認めるが、あんたのものじゃない。俺のものだ」

「おまえのものじゃない。悠斗の体は悠斗だけのものだ」

月見里は常識的なアルファだ。正論を吐かれて島崎は言葉に詰まった。そうなると余計に腹が立ってくるわけで。

「悠斗、俺たちには話しあいが必要だ。こっちに来い」

「君は引っこんでいろ」

「あんたこそ引っこめ。エロジジイ」

「私をエロジジイなどと呼んだのは、貴様がはじめてだ」

月見里の額に青筋が浮かんだ。本気で怒ったアルファは迫力がある。島崎も怒っているから、エレベーター前は殺伐とした決闘場の様相を呈してきた。パーティーがまだ終わっておらず、まわりに人がそれほどいなかったのが救いだ。

「この子が本当に妊娠していて出産するつもりがあるのならば、私の保護下で産ませる。生まれた子はバース性に関係なく、私の籍に入れてもいい」

「なんだと?」

「月見里家の子にする。貴様の出る幕はない」

毅然（きぜん）とした態度を見れば、それが口先だけのことではないとわかる。月見里は本気でそんなことを言っているのだ。

「さあ、おいで、悠斗。ゆっくり話を聞かせてくれ」

月見里が悠斗の肩を抱いてエレベーターへと促す。悠斗はちらりと島崎を振り返ったが、月見里に従って歩いていこうとする。

「おい、待て、悠斗っ」

島崎は焦って追いかけた。ちょうど開いたエレベーターの扉の中に入りそうになった悠斗を捕まえる。

「悠斗、悠斗っ、そいつと行かないでくれ」

「島崎社長、あの、あとで電話をします」

「ありがとう。それは嬉しい。だが俺はいま話がしたい。そのエロジジイといっしょに行かないでくれ」

「貴様、まだ言うか」

月見里が島崎の肩をドンと殴ってきた。アルファの力は強い。これがオメガやベータの男が相手ならば、島崎はふらつくことはなかっただろう。だが月見里に強く突き飛ばされて、島崎は不覚にも後ろによろめき、背後に立っていた角田にぶつかった。島崎は頭に血が上った。

「このクソジジイ！」

島崎は月見里に掴みかかった。ネクタイごと胸ぐらを鷲掴み(わしづか)にし、エレベーター内の壁に追い詰める。悠斗が飛びつくようにしてあいだに入ってきた。

「大雅さん、やめてください！　父さんも落ち着いて！」

悠斗の声が狭い箱に響いた。

えっ、と島崎は硬直する。

いま悠斗はなんと言った？　父さん？　え？　父さん？

悠斗が島崎をキッときつい目で睨み上げきた。

「この人は僕の父です。エロジジイでもクソジジイでもありません」

だれか夢だと言ってくれ。島崎は天を仰いだ。


土下座。

島崎は生まれてはじめて土下座というものを経験した。

場所をエレベーター前から客室に移し、島崎は月見里の前で土下座した。

「申し訳ありませんでした」

カーペットに額を擦りつけるようにして頭を下げる。

悠斗が取ったというスタンダードスイートは、ベッドルームとバスルーム、リビングルームという構成になっていて、そのリビングルームで島崎は土下座をし、月見里はソファに座ってむっつりと黙りこんでいた。

その隣に座る悠斗は項垂(うなだ)れている。角田は部屋の隅の観葉植物に隠れるように立っており、月見里の秘書だという男はさっき携帯電話が鳴って廊下に出ていった。

だれもなにも言わないので、島崎は顔を上げられない。島崎としては、何時間でもこのまま待つつもりでいた。全面的に自分が悪い。月見里と悠斗の関係を知らなかったとしても、とんでもない暴言だった。

「悠斗」

大きなため息をついた月見里が、悠斗を呼ぶ。

「おまえ、本当に妊娠しているのか」

「……うん。病院で診てもらった。もう七週目に入っていて――」

「本当か、悠斗」

バッと顔を上げて悠斗ににじり寄ろうとしたら、「だれが近づいていいと言った」と月見里のお叱りを受けた。仕方なくその場に留まる。

「発情抑制剤は飲んでいなかったのか」

「その、何日か飲むのを忘れてしまって」

月見里が沈痛な表情になる。

「なんて迂闊なことをしたんだ」

「ごめんなさい」

「こんな野良犬のような男にうなじを噛まれて、さらに子ができただと？　しかももう七週目……。どうしてすぐに言わなかった。母さんは知っているのか？」

「あ、うん。いっしょに病院へ行ってくれたから」

「広美のやつ……私になぜ秘密にしていたんだっ」

「父さんは絶対に錯乱するから、打ち明ける時期は慎重にしようってことになって」

「いつ打ち明けてもおなじだ。ショックを受けるに決まっているだろう！」

「ごめんなさい」

悠斗が何度も謝るので、島崎は胸が痛くてたまらない。

「あの、お義父さん、悪いのは俺です。息子さんはなにも悪くなくて――」

「貴様にお義父さんと呼ばれる筋あいはない！　悪いのは貴様だということもわかっている！　私にその不愉快な顔を見せるな！　そこで一生、土下座していろ！」

錯乱している。島崎はおとなしく土下座を続けた。大切なつがいである悠斗の父親だ。これ以上、心証を悪くしたくない。

「子供の父親については、もう仕方がない。というか、どうでもいい。おまえの子は私の孫だ。おまえが産むと決めたなら、私は全面的に支援しよう。母さんもそのつもりなんだろう?」

「うん、いっしょに育てようって言ってくれた」

「そうか、そこに私も加えてもらえると嬉しいのだが」

「でも、空気のいい田舎に引っ越すことも考えているんだけど。父さんは仕事が忙しいでしょう?」

「田舎に引っ越すのはいい案だ。たしかに私はいつも忙しいが、いままでどおり月に一度か二度は会えるようにするさ。秋葉に言って、候補地を挙げさせよう。田舎といっても近

くに病院や教育施設は必要だからね。よくよく調べた方がいい。ああでも、もし気に入っ

た場所にそういうものがなかったら、造ってもいいだろう。院の屋上にはヘリポートがあると便利だ。私が飛んでいける」

父子の空気は和やかだが、内容は剛毅だ。Tsukimisatoグループがその気になれば、病院も学校も造れるだろう。なんだったら街そのものを造りそうだ。

それは置いておいて、聞き流せない部分があった。

「悠斗、引っ越すというのは決定なのか」

黙っていられずに口を挟んだ。悠斗はちらりと島崎を見て、視線を泳がせる。

「……大雅さんは子供がほしくないと公言していましたから、僕が妊娠したと知ったら絶対に堕胎しろと迫ってくると思っていて……」

「その話なら私も知っているぞ」

月見里が不愉快そうに言った。

「貴様は孕む可能性のある女性や男性オメガをことごとく忌避しているとかなんとか、低俗な週刊誌のインタビューで恥ずかしげもなく話したそうじゃないか。若気の至りで片づけられることじゃないな」

「……はい、そのとおりです。反省しています」

島崎は殊勝な態度を貫いた。できれば悠斗と話がしたい。暴言を謝罪し、今後の話を。

そのためには月見里に時間の猶予をもらわなければならなかった。このまま悠斗を連れ

去られては、島崎では探せない場所に隔離されてしまうにちがいない。

悠斗が少しでも島崎との時間を持つと言ってくれればいいのだが――。

もう一度、悠斗に気持ちを伝えようと口を開きかけたとき、部屋にリンゴーンと厳かな音が鳴り響いた。

「あら、すごいわ。秋葉さんが言っていたとおり、修羅場ね」

母親の広美が客室に入ってくるなり、リビングルームを見回して楽しそうな笑顔でそう言った。広美の反応は予想できていたものの、悠斗は脱力する。その後ろから入室してきた秋葉が、なぜか申し訳なさそうな顔をしていて気の毒だった。

さっき秋葉の携帯電話に連絡をよこしたのは母親だったようだ。

「母さん……」

「悠斗は無事？　体はなんともないの？」

「僕は大丈夫」

「ふふ、恭平さん、ずいぶんと不機嫌そうな顔じゃないの」

広美は春を先取りしたかのようなピンク色のスーツを着ていた。完璧な化粧をほどこし、白いハンドバッグとパンプスで決めている。ふわふわした雰囲気とあいまって、とても五十歳には見えない若々しさだ。

踊るような足取りで広美は父親に歩み寄り、ソファのアーム部分にちょいと腰掛けて、よしよしと頭を撫でた。

「広美、あいつにひどい暴言を吐かれたんだ。私は傷ついた」

父親が甘えた顔になる。母親は島崎に「はじめまして」と微笑んだ。

「悠斗の母です。奥野広美といいます」

「はじめまして、島崎大雅です。悠斗さんのつがいです」

島崎はカーペットの上に正座したままだったので、両手をついて広美に深々と頭を下げた。

「あらあら、ご丁寧にどうも。あなたが悠斗のつがいなのね。立派な体格で、とってもお勉強ができそうですこと。大企業の社長さんなんですって？　すごいわね、さすがアルファだわ」

邪気のない笑みを浮かべながら、広美はチクリと嫌みを混ぜた。勉強と仕事はできるが、人間性はどうなのか、と疑問を呈したのだ。それが正確に通じたらしく、島崎が視線を落とす。

「ねぇ恭平さん、悠斗の大事な人をいつまで床に座らせておくつもりなの？　ダメじゃない。悠斗もそう思うでしょう？」

「でも、広美――」

「島崎さん、立ってください」

広美に促されて、島崎は父親の顔色を窺いながらも立ち上がった。すると悠斗に歩み寄ってきて、「悠斗、二人きりで話をしたい。頼む」と懇願口調で言ってきた。エレベーター前で再会してから、島崎は終始、この調子だ。根本的な性格が変わったわけではないだろうが、あまりにも下手に出られると困惑してしまう。

こんな島崎となら、少しくらい話をしてもいい、わかりあえる部分があるかもしれない、と思ってしまうからだ。

軟化している悠斗の気持ちを察したのか、広美が、「そうね、二人には話しあいが必要だと思うわ」と建設的な方向へと舵を切ってくれた。

「だってこの一カ月、つがいなのに二人はぜんぜん会っていなかったんですもの。悠斗ったら意地になっていたのか、それともまた傷つくのが怖かったのか、島崎さんからの電話やメールも無視しちゃって。話さなければ、いくらつがいでも意思の疎通なんてできません。人間だもの、言葉でコミュニケーションを取りましょうよ」

広美の正論に、さすがの父親も言い返せないのか黙った。

母親の言うとおり、悠斗は意地になっていた。プラス、島崎にまた傷つく言葉を投げつけられるのが怖くて逃げていた。

これから子供を産み育てていく決心をしたなら、いつまでも我を通すために頑なになったり、そうしたことから目を背けたりして、逃げてばかりではいられないのに。

「さあ、二人きりにしてあげましょう。恭平さん、秋葉さん、それと、あなたは島崎さんの秘書かしら?」

「角田といいます。K&Sカンパニーの副社長です」

「あら、島崎さんのところの副社長でしたの。ごめんなさい」

コロコロと広美は悪びれることなく笑う。空気を読まないように見える広美の振る舞いは、雰囲気を暗くさせないための母親の気遣いだと悠斗はわかっていた。

「悠斗、後悔しないようにちゃんとお話しなさい。どんな結論が出ても、私はあなたの味方です。終わったら、連絡してね」

広美はパチンとウインクして父親を引きずるように部屋を出ていった。角田と秋葉もそれに倣う。ホテルの客室に、二人きりになった。

悠斗はソファに座ったまま、突っ立っている島崎を見上げる。あらためて、島崎のスタイルのよさに見惚(みと)れてしまいそうになった。長身と、長い手足。誂えたスーツを着こなすセンスのよさは、きっと育ちのよさにも繋がっている。本人は実家を嫌っているようだが、それはもう生まれ持ったものだろう。

そして内面の傲慢さが滲み出た顔つき。父親の恭平も典型的なアルファではあるが、島崎ほどアルファらしいアルファを、悠斗は知らない。そこもまた、悠斗には好ましくてならなかった。

一カ月前、手ひどく拒絶された相手ではあるけれど、悠斗は島崎を嫌いになれていない。

あのマンションで、二人きりで何夜も過ごした。そのあいだ島崎はとても優しかったし、甘い言葉も囁いてくれた。セックスしていない時間も楽しかった。そばにいるのが自然な気がしたのだ。

でも——。

「話を、しましょう。座ってください」

悠斗がローテーブルを挟んだ正面のソファをてのひらで示すと、島崎は従順に座った。向かいあって、きちんと視線をあわせる。

「まず、謝罪させてください。バース性を偽っていたこと、申し訳ありませんでした。ずっとベータと称していて不都合がなかったですし、本来は職場への告知義務がないことから、オメガでありながらベータと称していました」

「その件に関しては、こちらにも非がある。オメガがベータとして働くのは珍しいことではないと俺ももう知っているし、バース性を限定して雇用するのは差別に値すると再認識した。これ以上の謝罪はいらない」

「ありがとうございます」

冷静な口調で島崎が返してくれ、悠斗はホッとした。

「俺からも謝罪したい」

島崎は両手を両膝に置き、悠斗に頭を下げた。

「おまえに発情期が来たとき、配慮のない言葉で傷つけた。申し訳なかった。あのとき俺もパニックになっていたというのは、ガキのような無責任な言い訳だ。本当に悪かった。すべてをおまえのせいにしてしまって」

「大雅さん……」

「俺は傲慢だった。まったく連絡が取れなくなってから、ずいぶんと落ちこんだよ。おまえに愛想を尽かされても仕方がないほど愚かだった。ひどいことを言ったからな——。もしかして、おまえはもう俺と別れたつもりでいたのか？」

「ちがうんですか？」

素で聞き返したら、島崎はがくりと肩を落とした。

「ちがう。俺はまったく、カケラも、別れるつもりはなかった」

「でも、とても怒っていたじゃないですか。それで僕を専属秘書から外して内勤にして」

「ちょっとした罰を与えたつもりだったんだ。週明けには元に戻そうと考えていた」

「週明け……」

まさか、そんなすぐに専属秘書に戻れるとは、あのときは思ってもいなかった。どうして言ってくれなかったのかと責めたくなったが、悠斗を苦しませることが島崎流の罰だったのだろう。

「それなのに週が明けてもおまえは出社してこなくて、そのまま何日も休むし、連絡を取ろうにも音沙汰なしで……。この一カ月、どれだけ心配したか」

「心配してくれたんですか？」

「あたりまえだろう、体調不良で休みを取ったんだぞ。自宅アパートは留守だし、どこかの病院にでも入院しているのかと、すごく心配した。実家の場所を知りたくて、長谷川社長に何度も尋ねたが、教えてくれなかった」

島崎が悠斗の居場所を探し、長谷川にまで連絡していたことに驚いた。

「……僕は、あなたに嫌われたと思いこんでいて……」

「嫌わない。嫌うはずがない」

まっすぐに目を見て、島崎は訴えてきた。

「あれから俺なりにオメガについて学んだ。俺はバース性について無知だった。その点についても反省している。発情期はオメガが対応すべき症状で、アルファは関係ないと思っていたんだ。アルファ用の抑制剤があるにもかかわらず、俺は服用したことがなかった。責任ある立場にいながら、なんの対策もしていなかったことを後悔している」

膝に置いた手をぎゅっと握り、島崎は心から悔いているように言う。

「社員の中には、確率的にきっと何人かオメガがいるだろうに、どこかでうっかり発情してしまったオメガに出会ったときのことを想定していなかった。俺は被害者ではなく、加害者だったと気づいてからは、抑制剤を服用している」

「えっ、薬を飲んでいるんですか」

「飲んでいる」

島崎がはっきりと頷いた。あれほどオメガを嫌い、被害者意識を強く持っていた島崎が、そこまで意識改革をしてくれたのか。

「悠斗、俺を許せなくても構わない。どうしても別れたいと言うなら、辛いが、身を引き裂かれるように辛いが、受け入れよう」

いまさらそんなことを言われても、戸惑いしかない。完全に嫌われたと思ったとき、悠斗は涙が涸れ果てるまで泣いたのだ。そして妊娠の可能性に思いいたり、何日も考え、島崎がいなくとも一人で産もうと覚悟を決めた。

島崎のことを嫌いになったわけではない。変わろうとしてくれている島崎を信じたい。けれどもう一度、あんなことがあったら、きっと悠斗は耐えられない。

「……俺のこと、もう嫌いか？」

「嫌いにはなっていません。でも……」

言葉を濁した悠斗に、島崎が苦く笑った。

「嫌われたんじゃないなら、いい」

自分に言い聞かせるように呟き、何度も頷く。その切ない表情に、悠斗は胸がきゅんとした。嫌いになるどころか、ずっと変わらず好きだった。だからこそ苦しんだのだ。

「俺とのことは、ゆっくり考えてくれ。できれば前向きに。ただ、そうしているあいだにも子供は育つ。子供のことは責任を持たせてほしい」

「あの、大丈夫です。子供のことは。僕には両親がついていますし――」

「俺は腹の子の父親だ。責任の一端を担わせてくれ。たしかに月見里家がバックについていたら無敵だろうが、俺もおまえと子供になにかしたい。できれば結婚したいが、それは無理強いできない。週に何度か、いや週一か……妥協して隔週でもいい、おまえと子供に会いたい」

ぐっと身を乗り出して訴えてくる島崎の目は本気のように見える。

「……自分の子供はいらないと思っていた。でも、おまえが孕んだ可能性に思いいたったとき、どうしようもなく庇護欲がわいた。大切に、守ってあげなければならないと……。それに、悠斗の子なら、きっと可愛いだろうとも思った」

悠斗はつい自分の腹を手で撫でた。この中にあたらしい命が宿っている。島崎の子だ。

「週に一度でいいんですか」

「会わせてくれるのか」

「あなたは子供の父親ですから。週に一度くらいなら」

「ありがとう！」

ローテーブルに片膝を乗り上げるようにして島崎が迫ってきた。悠斗の手を握り、ぶんぶんと振り回す。その手の甲に、不意打ちのようにチュッとキスをされた。びっくりして固まった悠斗に、島崎は切ないような笑みを向けてきた。

「できたらそのとき、おまえと子供と三人の時間を持たせてくれるとありがたい」

そのつもりだった悠斗は、島崎のささやかな願いに胸が熱くなった。

島崎は悠斗の両親の監視のもとで子供に面会する光景を想定しているのだ。そんな、罪人ではないのだから――。

　本当に変わろうとしている島崎の気持ちに、悠斗はもう負けそうだ。

「悠斗、隣に行ってもいいか」

　小さく頷くと、島崎はいそいそとローテーブルを回りこみ、悠斗の隣に座った。

「腹に触れても？」

「どうぞ」

　スーツの上から島崎の手が悠斗の腹をそっと撫でてきた。まだ膨らみもまったくない平坦な腹だ。

「この中に俺の子がいるんだな」

「いますよ。まだ七週目ですけど」

「そうか」

　島崎の顔は穏やかだ。至近距離にある彼からは、ふわりといい匂いがした。アルファのフェロモンだ。つがいのフェロモンは、オメガの妊夫(にんぷ)にはリラックス効果があるという。できればずっと嗅いでいたいとうっとりしていたら、島崎の気配が変わった。

「悠斗、すまない」

　ぎこちなく島崎が離れていく。頬がほんのりと上気し、額にじっとりと汗が滲んでいた。

「どうしました？」

「いや、匂いが――」

島崎は目を閉じ、深呼吸を繰り返している。

「近づきすぎた。ひさしぶりにおまえの匂いを嗅いだら、たまらなくなってきて……。いや、なにもしない。なにもしないぞ。俺はこれから子供の親として、おまえとあらたに信頼関係を築かなければならないんだ。つがいとはいえ、『嫌いじゃない』レベルの男に触れられたくなんかないだろう?」

悠斗から顔を背けて立ち上がろうとした島崎を、決意をこめて引き留めた。

「大雅さん」

腕を摑み、強く引く。中腰だった島崎はよろめいてソファに逆戻りした。目を丸くして悠斗を振り返る。

「さっき、できれば結婚したいと言いましたね。本当ですか?」

「本当だ」

「つがいになってしまったから仕方なく、ではなく?」

「仕方なくじゃない。悠斗、おまえを愛しているんだ」

島崎の黒い瞳に、泣きそうな顔の自分がうつっている。

信じたい。この人のことを信じたいと思う。

「おまえが俺を許せない気持ちはわかる。信じられないのもわかる。俺はひどい男だった。心を入れ替えてもっと思いやりのある人間になりたいと努力はしているが、さっきのようにカッとなると手が出てしまうところはやっぱりある。気が短くて偉そうで、俺様なのはきっと一生直らないかもしれない。でも努力していきたい。おまえと、生まれてくる子供のためにも」

　悠斗が引き留めたから、島崎はソファの端っこにちょこんと浅く腰掛けた。悠斗を見ないようにしている。首筋がほんのりと赤くなっていた。

「クソッ、抑制剤を飲んでいるのに……」

　悔しそうな呟きが聞こえて、悠斗もじんわりと体に熱を感じた。島崎の体温が上昇しているせいだろうか、悠斗も彼の体臭が強く香ったように思った。

　ずくん、と腹の奥が疼く。覚えのある感覚に、悠斗は戸惑いを隠せない。

　オメガは妊娠すると発情しなくなるはずだ。それなのにいま、つがいのアルファが興奮しているのを察して、つられたように体が熱くなってきている。逞しい腕にまた抱きしめられたい。力強く動く腰に両脚を巻きつけて、全身でこの人を感じたい——そう思ってしまう。きっと本能の部分で、愛情を確かめたいのだ。

「ダメだ、我慢できなくなるまえに、俺は帰る」

　立ち上がった島崎を、悠斗は再度、引き留めた。確かめておきたいことがある。

「大雅さん、僕と結婚したいとまで思ってくれたのに、別の男の人と遊びましたよね？」

「なんのことだ？」

　振り向いた島崎は、とぼけた。悲しみと嫉妬が、悠斗の心を黒く染めていく。強く睨みつけると、島崎は困惑顔で「本当になんのことだ」と首を捻る。

「見たんです」

「なにを?」

「僕が休みはじめて最初のころです。あなたのマンションまで行ってみたら、ちょうどタクシーが止まって、あなたが降りてきました。そのあと別のタクシーが止まって、若い男の人が降りてきて、あなたに……親しげに触れました」

「ああ、もしかしてあのときの」

「身に覚えがあるんですね」

「いや、ちがう。それは誤解だ」

慌てた様子で、島崎はそのときのことを説明してくれた。その男はかつてのセフレの一人で、会社から尾行されていたらしいこと、悠斗のことで頭がいっぱいだったから微塵も遊ぶ気はなかったこと、その男は警備員に詰め寄られてすぐに帰ったこと。

「誓って、浮気はしていない」

大真面目に宣誓でもするように片手を上げた島崎を、悠斗はじっと睨みつける。糾弾しているつもりなのに、それは続かない。どうしてもまなざしは柔らかくなってしまう。

「嘘は言っていない」

「……信じたい、です」

「そうか、ありがとう」

じり、と島崎が距離を詰めてきた。汗ばむ顔が近づいてきて、より一層、島崎の体臭が匂ってくる。懐かしささえ感じる、甘くて濃厚な島崎のフェロモン臭。鼻腔から入ったそれは頭にガツンとくるほどで、悠斗は軽いめまいを覚えた。

「悠斗、すまない、抱きしめさせてくれないか」

島崎がおそるおそるといった様子でお伺いをたててくる。

「一度だけでいい、ちょっとだけ、その、抱きしめさせてほしい。それ以上はなにもしないから」

「……いいですよ」

悠斗が許可すると、島崎が長い腕を伸ばして抱きしめてきた。背中が反るほどの力で抱き竦められ、島崎が悠斗の首元に顔を埋める。思いきり匂いを嗅いでいるのがわかったが、同時に悠斗も島崎の胸元で肺いっぱいに匂いを吸っていた。

芯から頭がくらくらしてくる。恐ろしいほどの幸福感に、安心感も重なってきた。悠斗は無意識のうちに島崎の背中に腕を回し、縋りついていた。

(ああ……!)

どうして一カ月以上も離れていて平気だったのか、わからない。全身の細胞がアルファを得て歓喜している。島崎は悠斗のつがいだ。自分だけのアルファ。

自覚がなかっただけで、たぶんずっとアルファを求めていた。つがいがそばにいないことで、心細く思っていたのだ。安堵感が満ちてきて、心が潤っていくのを実感した。

愛している。この男を、心から。

側にいてほしい。離れたくない。

両親の助けがあっても、悠斗にはやはり島崎が必要だった。

「悠斗、頼む、離してくれ」

島崎が悠斗から体を離そうとした。いやいやと首を横に振って、悠斗は島崎のスーツにしがみつく。もうだめだ。虚勢を張ることなどできない。理屈なんていらない。ほしいのは、この男だけだ。

「行かないで」

「ダメだ、これ以上ここにいたら、俺はおまえになにをするかわからんぞ」

「してもいいから、ここにいて」

「なにを言って――」

「好きです」

悠斗は涙で濡れた目を、島崎に向けた。驚いた顔の島崎をひたと見つめ、嘘偽りのない心情を吐露する。

「あなたのことが好きです。あ、愛して、います。だから拒まれて悲しかった。だから産みたいと思いました。あなたからもらった命を、大切にしていきたいと思いました。でもオメガであることを秘密にしていたのは僕で、あなたが怒るのは当然のことだったから、離れる選択しかないと思っていました」

「悠斗」

「でも、あなたが、僕を受け入れてくれるなら、離れたくない。つがいのアルファと離れたいと思うオメガなんて、いるわけないでしょう！」

「悠斗っ」

ふたたび抱きしめられた。ぎゅうぎゅうと痛いほどに抱きしめられ、涙で濡れた頬に熱い唇が触れてくる。じわりと想い（おも）が伝わってくるようなキスだった。

「俺を許してくれるのか」

「許すも許さないも、最初から僕はあなたに怒ってなんかいません」

「ありがとう。愛している。ありがとう」

ああ、と島崎の口からため息とも歓喜の声ともつかないものがこぼれた。

島崎らしくないおずおずといった動きで悠斗の唇にキスをしてくる。悠斗は重なってきた島崎の唇を吸った。薄く開いて舌を誘いこめば、島崎の肉厚のものが嬉々として悠斗の口腔に入ってくる。

舌を絡めあうと、一瞬で情欲の炎が燃え上がった。悠斗は自分が島崎に飢えていたことを実感し、もっともっとと舌を差し出し、口腔の支配権を明け渡した。上顎を舐められ、唾液が溢れる。その量に溺れそうになりながらも、悠斗は離れなかった。

気持ちいい。全身の細胞が喜んでいるのがわかる。嬉しくて、涙がこぼれた。

「すまない、がっつきすぎたか」

島崎が悠斗の涙を唇で吸い取りながら囁いてきた。

「ちがいます……嬉しくて泣けただけです」

「そうか。それならよかった」

後頭部を大きな手ですくわれ、また深いくちづけを受ける。夢中になって舌を絡めた。

島崎の手が後頭部からうなじへと滑っていき、貼られたシールに気づいた。

「悠斗、これ、剝がしていいか」

はい、と頷いて背中を向けると、島崎が慎重にシールを剝がしていった。悠斗は鏡がなければ見えないが、そこには嚙みあとが残っているはずだ。島崎が指先でなぞるように触れた。

「これが、つがいの証なんだな」

「そうです」

「俺の歯形か」

島崎が背中から抱きしめてきて、ちゅっ、とうなじにキスしてくれた。

「俺にはおまえだけだ」

「はい……」

ふう、と島崎がひとつ息をつき、抱擁を解こうとする。悠斗は慌てて引き寄せた。

「もうお終い(しま)ですか」

なにをするかわからないと言っておきながら——と責める目で見た悠斗に、島崎は苦笑いする。余裕のある態度に悔しくなった。

「ベッドに行こう」

島崎はひょいと悠斗を抱き上げ、軽々と移動する。危なげない足取りに、あらためて島崎のアルファらしい体格に感心した。

「おまえ、軽くなってないか？」

「少し、痩せたかもしれません。つわりで食欲が落ちているので」

そうか、と島崎が頷き、クイーンサイズのベッドにそっと悠斗を下ろした。横たわった悠斗を、島崎は上からじっと見つめてくる。大きな手で顔をゆっくりと撫でられ、その優しいしぐさに不安になる。

やはり島崎は悠斗を欲していないのではないか。義務感から愛を囁いただけではないか。以前の島崎なら、欲情したらすぐに悠斗を押し倒して挿入しようとしていただろう。それなのにわざわざ行儀よくベッドに移動して、脱がすわけでもなく見つめてくる。

「大雅さん、しないんですか？」

つい聞いてしまった。島崎がフッと笑った。

「したい気持ちはあるが、やはり身重のおまえに欲望をぶつけていいものかどうかと考えている。まだつわりは続いているんだろう？」

いままでにない気遣いを見せる島崎に、悠斗はじれったく思った。アルファ用の抑制剤を飲んでいるから、こんなに落ち着いているのだろうか。

いや、我慢しているのだ。悠斗のために。

その証拠に、ちらりと視線を向けた島崎の股間は、見事に膨れ上がっていた。布地を突き破りそうな勢いだ。

「つわりはまだ終わっていません。でもいまはなんともないから大丈夫です」

「だが……」

悠斗は島崎の股間を膝でぐりっと押してやった。うっ、と痛みをこらえるような声で島崎が呻く。

「おまえ、俺が我慢しようとしているってのに」

「僕がしてほしいと恥を忍んで頼んでいるのにっ」

「腹に子がいるだろう。セックスしていいと医者は言ったのか？」

「主治医には、相手のアルファと決別しているのでシングルのまま産んで育てると言いました。だから妊娠中のセックスのことなんかちらりとも話には出てきていません」

島崎は不味いものを食べたようなしかめっ面になる。

「でも、胎児の成長は順調のようなので、よほどのことがないかぎり大丈夫だと思います。ゆっくり、優しくしてください」

「おまえ相手に俺がゆっくり優しくできたことがあったか？」

「努力してください」

チッと舌打ちした島崎だが、腹を決めたのかスーツの上着を脱ぎ、自身のネクタイを解きはじめる。悠斗も横たわったままで自分のネクタイを外した。けれど、ワイシャツを脱ぐ段階になってから、ボタンに伸ばした指が小刻みに震えていることに気づいた。自覚していなかったが、悠斗はすごく緊張しているようだ。

うまくボタンが外せなくてもたもたしていたら、先に上半身裸になった島崎が手伝ってくれた。露わになった胸に、島崎が顔を伏せてくる。鴇色の乳首をぺろりと舐めてきた。

「んっ」

すでに尖っていた乳首は敏感になっていて、島崎の舌の動きにますます隆起してくる。

「あ、んっ」

「……母乳は出るのか？」

こんなときになにを聞いてくるのか。けれど面白がっているのではなく、純粋な疑問らしかったので答えた。

「出産直後に、初乳は出るみたいです」

「初乳ってなんだ？」

「……勉強してください」

「教えてくれてもいいだろう」

ぺちん、と島崎の肩を叩いて黙らせた。島崎は黙ったが、執拗に乳首を弄ってくる。まるで赤子よりも自分が先に母乳を飲みたいと主張しているようで、感じながらも困惑した。

薄い胸を島崎は両手で揉むようにしつつ、先端を舐めて吸って甘噛みしてくる。

「あ、あっ、ん、大雅さん、ああっ」

喘ぎ声が止まらない。秋には母親になるというのに、はしたない。でも約一カ月ぶり、正確には四十日ぶりくらいになる島崎の愛撫は、やはり悠斗をメロメロにした。

島崎は乳首を愛撫しながら、体を密着させて悠斗の股間も刺激してくる。彼はまだスラックスを穿いたままなので、剝き出しになった悠斗の股間は布地に擦れて高ぶっていた。先端から滲む体液で島崎のスラックスが濡れていく。同時に、島崎も完勃ちした性器から先走りを溢れさせているのか、下半身から粘着音がひっきりなしに聞こえた。

胸へのしつこい嬲りと、いやらしい腰つきで性器を刺激され、たまらなく感じる。まだはじまったばかりなのに達してしまいそうで、悠斗は逃れようともがいた。しかし島崎が逃がしてくれるはずもなく。

「あ、あ、あっ、やだ、もう、いく、いっちゃ……！」

まだいきたくない。でももう我慢できない。悠斗はあっけなく一度目を放ってしまった。びくびくと全身を震わせながら、ひさしぶりの射精に陶然とする。島崎も動きを止めていた。

「悠斗……」

荒い呼吸ごとくちづけされ、熱っぽく舌を絡めあう。その島崎の目元が赤く染まっていた。興奮ではなく、恥じらうような色があり、どうしたのかと尋ねようとして――理由がわかった。

穿いたままだったスラックスをもぞもぞと脱いだ島崎だが、下着の中は白濁で濡れていた。股間同士を擦りあったままで、二人とも達していたのだ。まさか島崎までいっていたとは思わず、悠斗は島崎の濡れた股間をまじまじと見てしまった。

「覚えたての小僧みたいだと、笑えばいいさ」

ふて腐れた顔になっている島崎がどうしようもなく可愛く思えて、悠斗はその萎えかけの性器に手を伸ばした。ぬるりと擦ってやれば、島崎が熱い息を吐く。

「気持ちいい？」

「すごく気持ちいい。おまえの手は最高だ」

「なんですかそれ」

思わず笑ってしまった口に、島崎がまたキスしてくる。あらためてのしかかってきた島崎が、悠斗の尻の谷間へと指を滑らせてきた。舌を吸われながら同時に後ろを嬲られ、その愛撫の優しさに心も潤み、どんどん体が開いていくのがわかる。

後ろは最初から柔らかく濡れていた。愛しいアルファと繋がれる期待感に、解さなくとも濡れたのだ。発情期以外でははじめてのことだった。それほど悠斗の体は島崎を求めているということだろう。

指でゆるゆると粘膜を弄られて体の熱が上がっていく。さっきいったばかりなのに、もう悠斗の性器は張り詰めてしずくを垂らしていた。

「悠斗、入れていいか」

島崎は額に汗をかき、せっぱ詰まった顔になっている。彼にしては我慢した方だと思う。悠斗の体も心もとうに準備はできていたから、「入れてください」と頷いた。

「できるだけ、そっとする」

島崎が真顔でそんなことを言うから、悠斗は泣きそうになった。

「大雅さん、好きです」

「俺もだ」

「愛しています」

「うん」

島崎のそれが後ろにあてがわれる。ぐっと圧力がかかり、ゆっくりとじれったいほど時間をかけて悠斗の中に挿入された。粘膜が限界まで広げられる感覚に、幸せを感じた。

「好き、好きです、あなただけ、大雅さんっ」

「俺もおまえだけだ」

「抱いてほしかったです、もうずっとそれだけ――」

「わかったから、少し黙ってくれ」

気持ちを伝えたかっただけなのに拒絶されて、こんどはちがう意味で涙目になったら、島崎が「ああもう」と顔中にキスをしてきた。

「あんまり可愛いことを言わないでくれ。暴走しそうになる」

島崎はぐっと歯を食いしばりながら悠斗の中でじっとしている。赤い顔で深呼吸するほど辛いなら、もっと動いてくれてもいいのに。

そう言ったら、「ダメだ」と却下された。

「おまえの体に負担をかけたくない。大丈夫だ、こうしているだけでも気持ちいい」

それは嘘だ。これだけでは悠斗もよくない。悠斗は中にいる島崎をきゅっと締めつけた。立派な大きさと固さが鮮明にわかる。ゆるゆると中を動かして味わっていると、島崎が「勘弁してくれ」と降参してきた。

「俺を鬼畜にしたいのか」

「少しくらい激しくしても大丈夫ですよ」

「いや、しかし」

「あなたの子ですから、きっと丈夫です」

「ああ、まあ、それはあるかも。いやダメだ」

「あ、んっ、そこ、気持ちいいです」

悠斗が腰を動かして自分のいいところに当たるようにしたら、島崎がたまらずにぐっと突いてきた。

「あうっ」

脳天まで衝撃が届き、悠斗はのけ反った。指先まで快感が行き渡る。

「クソッ」

一度動いてしまうともう止まらなくなったようで、島崎は呻きながら悠斗を押さえつけ、腰を振りはじめた。高級なベッドは軋む音を立てることなく受け止めてくれる。

欲望に負けた、という島崎の表情は味があった。悠斗は笑顔で島崎の首にしがみつく。

力強い突きといやらしい引きに官能が揺さぶられた。たまらなくよかった。

「ああ、ああっ、大雅さん、大雅さんっ」

「悠斗、悠斗っ」

何度も名前を呼ばれた。まるで腕の中にいるのが悠斗だと確かめるように。

悠斗が二度目を極めると、島崎もそう時間をかけることなく最奥に迸らせてくる。やはり悠斗の負担を考えてのことだろう。けれど短くとも濃厚な官能の時間に、悠斗は身も心も満たされた。

「大丈夫か。どこか痛いところはないか。具合は悪くなっていないか。気分は？」

すぐに繋がりを解いて顔色を窺ってくる。

「どこも悪くないです」

「そうか、よかった」

島崎は悠斗を抱き上げ、バスルームに運んでくれた。大人二人が余裕で入れそうな乳白色のバスタブに慎重に下ろしてくれ、適温の湯を注いでくれる。サッとバスルームから出ていったかと思ったら、ミネラルウォーターのペットボトルを持ってきてくれた。すべて全裸のままで、悠斗を優先してくれているのがわかる。

「ほら、飲め」

キャップを開けて渡してくれた。湯が溜まってきたところで島崎もバスタブに入ってくる。悠斗を膝の上で抱っこするような体勢になり、ため息をついた。

「おまえとセックスしたいのは山々だが、腹の子が気になって集中できなかった。せっかく許してもらったのに、すまない。あまり気持ちよくなかったんじゃないか？」

「え？　普通によかったですよ。ちゃんと僕もいきました」

「……水をくれ」

飲みかけのペットボトルを渡すと、島崎はそれをごくごくと喉を鳴らして飲んだ。

「俺はおまえを大切にしたい。生まれるまでは、その、挿入はやめておこう」

「安定期に入ればいいと思うんですけど」

「いや、俺が気になる。だっておまえ、腹の中に子がいるんだぞ？　俺の子だ」

悠斗は唖然とした。島崎は子供ができると過保護になるタイプだったのか。

「次の検診はいつだ」

「再来週です」

「俺も行くから、予約の日時を教えてくれ」

ついてきてくれるのは嬉しいので、あとで教えると約束した。きっと主治医も相手のアルファと和解したことを喜んでくれるだろう。

「さしあたっての問題は、おまえの父親だな」

本気の沈鬱な表情で島崎が言うものだから、悠斗は苦笑いした。

「暴言吐いちゃいましたもんね」

「クソジジイだけならまだしも、エロジジイはまずかったよな」

「いえ、両方まずいです」

そうか、と島崎はため息をつく。

「……暴言の上に、大切な一人息子を奪った俺のこと、許してくれるだろうか」

「大雅さんがそんなに弱気になるなんて、どうしたんですか」

「どうしたもこうしたもあるか。悠斗がまさか月見里家の人間だったとはな……。母子家庭だとしか聞いていなかったから、想像もしていなかった。おまえ、自分の父親がこの国にとってどれほどの重要人物がわかっていないのか？　それに比べたら、俺なんかその他大勢の一人でしかない。勝てるわけがないだろう」

「父と言いあいしていたときは強気だったじゃないですか」

「なにがなんでも悠斗を取り戻したかったから虚勢を張っていただけだ」

島崎は不愉快そうにムッとしてそっぽを向く。

「それよりも、おまえの両親は離婚したんだろう？　さっきの様子はいったいなんなんだ。とても別れた夫婦には見えなかったぞ。すごく仲がよさそうだった」

「ああ、それですけど、たぶん近いうちに再婚します」

「なんだと？」

「じつは嫌いになって離婚したわけではなくて」

悠斗は十二年前の離婚の経緯をざっくりと説明した。祖父が悠斗の政略結婚を画策し、当時のパーティー会場で出会っていたこと、島崎の元へ釣書が送られたというくだりで、唖然としていた。

「嘘だろ……。ぜんぜん覚えていない。会っていたのか？　釣書が届いていた？」

「僕はそのときまだ十三歳の中学生でしたから」

微笑んだ悠斗を、島崎がまじまじと凝視してくる。

「それに、あのころ、島崎社長の元へは連日のように縁談が舞いこんでいたと思います。その中に僕の釣書なんて埋もれてしまっていたでしょう」

島崎はしばらく考えこむように黙り、ひとつ息をついた。

「月見里社長ご夫妻には感謝しなければならないな。そのとき思い切って離婚し、悠斗を月見里家から切り離さなければ、いまごろどこかのエロジジイに嫁がされてとっくに何人も子を産まされていたかもしれない」

その可能性はたしかにあった。そんな未来は想像するだけでゾッとする。

「俺も月見里社長を見習って、パートナー一筋のアルファになろう。いや、かならずなる」

拳を握った島崎がおかしくて笑ったら、後ろからトロリと体液が出てきた感触がした。湯が汚れてしまう。悠斗が身動いだら、島崎が「どうした？」と敏感に反応した。

「いえ、あの、中から大雅さんのものが出てきてしまって……」

「俺が掻き出してやろう」

「あっ」

島崎の腰を向かいあわせで跨ぐようにされ、大きな手で尻の谷間を広げられる。まだ綻んでいる窄まりに指が挿入された。こうした行為ははじめてではない。セックスのたびに島崎は自分の手で始末をつけたがったからだ。しかし、何度もされたが、慣れることはない。

「う、んっ……」

明るいバスルームで尻を弄られ、悠斗は羞恥に震えた。俯いて島崎の肩に顔を埋める。事後の処理ではあっても、感じやすい場所を好きな男の指で弄られたら感じてしまうものだ。以前も、こうしているうちに二人とも燃え上がってしまい、毎回のようにふたたび体を繋げていた。

二人の腹に挟まれるかたちで、島崎の性器が勃起しているのが見えた。湯の中で反り返り、天を向いている。四十日の禁欲を経てのセックスにしては、あっさりとした二回だったので、たぶん島崎はもの足りないはず。

悠斗は手を伸ばして、それを握った。びくんと島崎が肩を揺らす。

「下手に刺激しないでくれ」

「抜いてあげます」

ゆっくりと上下に扱く。悠斗の耳元で島崎が低く呻いた。

その後、悠斗は島崎の屹立をフェラチオして宥めた。悠斗も島崎にしてもらった。

満ち足りた気分でバスルームから出た二人は、おたがいの携帯電話に身内から山ほどの着信履歴とメールが届いていることを知って慌てた。二人きりになってから三時間ほどが過ぎている。

話しあいはどうなったのか、結論が出たなら知らせてほしい、和解したなら皆で食事はどうか、といった内容だ。

あれほど大騒ぎをしておいて、あっさり仲直りしてしまったのが恥ずかしい。しかし、あまり時間を置いては島崎と父親の仲がもっと拗れてしまいそうで、身支度を整えて会いに行こうということになった。けれど二人ともスーツが汚れていた。とてもではないが、このまま着て外へ出かけられる状態ではない。

「どうする」

「どうしましょうか」

二人は顔を見あわせて、しばし途方に暮れた。結局、日を改めて会おうということになり、悠斗が母親にそうメールを送る。その隣で島崎も角田に経緯を報告していた。

汚れたスーツはホテルのクリーニングサービスに託し、その日はそのまま、ホテルで二人きり、ゆっくり過ごした。

「話があるというのは、なんだ」

螺鈿（らでん）細工がほどこされた仰々しい座卓の向かい側に、和服姿の男が座っている。その背後には床の間があり、掛け軸が見えていた。おそらく高名な書道家の手による書なのだろう。達筆すぎて、なんと書かれているのか島崎にはさっぱりわからない。

島崎は実家に来ていた。正面にいるのは父親の島崎朔太郎（さくたろう）、六十五歳。シマザキ商事の代表取締役社長だ。

都内某所の実家を訪れたのは、二十歳で家を出てからはじめてのこと。およそ十七年ぶりだった。父親好みの高級品で飾り立てられた日本家屋は、鬱々とした少年時代を思い起こさせる。権威主義でアルファ信仰の父親とはずいぶんと衝突したものだ。

島崎は父親の顔をじっと見つめ、相応に歳をとっているにしては生気がみなぎる顔つきにうんざりした。自分と確実に血が繋がっているとわかる顔だからこそ、好きになれない。

島崎の背後には、母親の奈保子（なおこ）と弟の奏太もいる。妻と次男を座卓につかせないところもまた、父親の差別的なところだ。

「おまえがわざわざ俺の所在を確認してきたんだ。さっさと言え」

「話というのは、俺の結婚についてだ」

朔太郎は気が短い。さっさと報告して立ち去りたかったので、島崎は単刀直入に告げた。

「結婚？　やっとその気になったのか。すぐに縁談を――」

「いや、もう相手はいる」

なんだと、と父親の眉間に皺が寄る。頭の中では、はたして息子の相手は自分にとって都合のいい人物かどうか、一瞬でさまざまなことを考えたことだろう。

悠斗と再会して二週間が過ぎている。まだつわりが残っている悠斗は休職したままで、母親のマンションに留まっているため、島崎はせっせと通っていた。その中で月見里とはなんとか和解でき、結婚を許してもらった。みんなで悠斗の出産をサポートすることで話はついている。

育児はこのまま都内ですることになった。島崎は現在の住まいであるタワーマンションを出て、育児に適した場所に新居を構えたいと思い、物件を探している最中だ。できれば低層階のマンションで、近くに公園があるといい。悠斗と広美も積極的に物件情報を集めており、なかなか楽しかった。

唯一の問題は、島崎の父親だった。

「父親とは絶縁しているそうだが、私の息子と正式に結婚したいのならきちんと報告してこい。その結果、そっちの親子関係がさらにこじれたとしても、私は関知しないがね。それまでは婚姻届を出させない」

月見里にそう言われた。悠斗の父親としてそう思うのは当然のことで、島崎は母親に連絡を取り、父親の在宅を確認してやって来たのだ。

「相手はだれだ。しかるべき家のアルファかオメガだろうな」

「あんたはまだそんなことを言っているのか。バース性にこだわるなんてクソだ」

「父親に向かってなんだその口のきき方は！」

「俺はあんたのそういうところが虫唾（むしず）が走るほど大嫌いで家を出たんだ！　あんたの血がこの体に流れていると思うだけで自分をぶっ殺したくなったときもある！」

「なんだと、おまえ！」

座卓越しに摑みあいになりそうになって、慌てたように弟がにじり寄ってくる。

「ちょっと二人ともヒートアップするのは早いよ。まだ本題に入ってないのに」

奏太がやんわりと口を挟んだ。母親はおろおろとしているだけだ。

「父さん、まずは兄さんの話を聞こうよ。結婚相手はどういう人？」

父親にはムカつくが、意識的に柔らかな口調で聞いてくれる奏太に免じて矛をおさめる。

「結婚相手はオメガの男だ」

「オメガの男だと？」

父親が愕然とした表情になる。

「兄さん、それ本当？」

「大雅さん……」

奏太と奈保子も固まっている。それはそうだろう。子供を孕む性である女とオメガを嫌っていた島崎を知っているから、驚くのは当然だ。三人からまじまじと見つめられて、島崎は居心地が悪い。

「偶然、出会った。俺は最初、そいつがオメガだとは知らずに手を出して――というか、つきあいはじめて、子供ができた」

「ええっ？」

ひっくり返った声を出したのは奏太だ。顔が半笑いになっている。

「もしかして、例の秘書？」

「ああ、まあな」

奏太の指摘に、そういえばこいつは角田から悠斗の存在を聞いていた、と背中にいやな汗をかいた。バツが悪い。

「おまえ、相手を知っているのか」

父親の問いに、奏太は「会ったことはないよ」と首を横に振る。

「角田さんに去年の秋ころに聞いたんだよ。兄さんが珍しく夢中になっている人がいて、派遣で来た秘書だって。えーっ、その人がオメガだったんだ。それでもう子供ができちゃったと」

「……まあ、そういうことだ」

「すごいじゃない。あれほど自分の子供はいらないって公言していた兄さんが、きっちり責任を取るなんて。それほどいい人なの？」

「その言い方はやめろ。責任を取るために結婚するわけじゃない。俺は、あいつが産む子なら絶対に可愛いと思って、いっしょに育てていきたくて結婚を決めたんだ」

「わお、兄さんカッコいい」

「大雅さん、立派になって」

奏太はパチパチと拍手するわ母親は涙ぐむわで、どう対処していいかわからなくなる。

「俺は許さんぞ、そんな野良オメガと結婚するなんて！」

父親がお祝いムードに冷や水をぶっかけた。

「野良オメガってなんだよ。いちいち言葉が悪いな、この老害が！」

「どこの馬の骨ともしれんオメガと結婚なんかさせてたまるか。まさか騙されたんじゃないだろうな。発情期にはめられたのならそう言え。すぐに堕胎させろ。慰謝料なら払ってやる」

「産ませるって言ってるだろう！」

「結婚する気になったのなら俺が相手を見繕ってやる」

「だから、俺は悠斗だから結婚したいと思ったんだ。第一、あいつの身元ははっきりしている。あっちのご両親にはもう会った」

「なんだと？　勝手なことをするな！」

島崎は頭が痛くなってきた。母親と弟はともかく、この化石級に頭が固い嫌みな父親を、上品が服を着て歩いているような月見里家の面々に会わせたくない。悠斗の素性も知らせたくない。

「とにかく、あんたが反対しようがどうしようが、俺はあいつと結婚すると決めた。俺は俺の道を行くだけだ。あんたはたしかに俺の父親で、二十歳まで世話になった。だが俺はとうに自立したいい歳の大人だ。自分の家庭を持つことにした。今後、干渉してくるな。というか、もう関わってくるな」

「父親に向かってなんて口のきき方だ！」

「うるさい！　俺と結婚相手のことには、絶対に関わってくるなよ。こうしてわざわざ報告に来てやったんだ。ありがたく思え」

「おまえなんか勘当だ！」

ありがたく勘当宣言されて、島崎は座敷を出た。こういう流れになるのは予想していたが、ムカムカするのは仕方がない。怒りにまかせ足音を立てて長い廊下を歩いていると、後ろから奏太が追いかけてきた。

「兄さん、ちょっと待って」

「大雅さん」

母親も一緒に引き留めてきて、玄関横の洋室に引きこまれた。

「もうすこし詳しい話を聞かせてくれよ」

「そうよ、お相手の方のご両親にお会いしたんでしょう。私もぜひご挨拶に伺いたいわ」

母親が目をキラキラさせて島崎に迫ってくる。さっきは父親の後ろで死んだような目をしていたのだが、息子の前ではこんなふうに元来の性格を出してくる母親だ。

　黒革のソファセットが置かれた洋風の応接室に三人とも入り、奏太がしっかり扉を閉める。島崎はソファに座らされ、その両脇を弟と母親に挟まれた。

「お相手の方、あなたの秘書なの？」

「ああ、まあ、派遣秘書で去年の十月からK&Sカンパニーに来ていて」

「お名前は？　年齢は？」

「奥野悠斗。二十五歳だ」

　そこまで明かしてから、この二人には悠斗の事情を話しておこうと決めた。

「じつは悠斗の両親は離婚していて、奥野を名乗っているが、これは母親の旧姓だ。もとの姓は月見里という」

「えっ？」

「悠斗の父親は、月見里恭平だ」

　二人とも息を呑んだ。

「え？　ちょっ、あの月見里恭平？　Tsukimisatoホールディングスの？」

「そうだ」

　奏太も母親もあきらかに戸惑っている。

「誤解しないでほしいんだが、俺は悠斗の素性をつい最近まで知らなかった。月見里家との繋がりがほしくて結婚するんじゃないってことは、わかってくれ」

「父さんには、言わないつもり？」

「言わなくとも、そのうち知られてしまうとは思うが、一日でも遅らせたいな」

「うーん、そうだね……。父さん、絶対に利用しようと思うだろうなぁ」

「悠斗は月見里恭平の一人息子だ。溺愛されている。余計なことをしてあの男を怒らせたら、なにが起こるかわからん。俺がなにか言っても、親父は聞く耳を持たないだろうから、おまえが監視してくれ」

「ええっ、僕が？　そんなことできるかな」

「やれよ。シマザキ商事を守りたかったら」

「……それほど大事になる？」

「なるだろうな」

冗談で言っているわけではないと感じたらしく、奏太が神妙な表情で黙った。

「大雅さん、お相手の方、私は会わせてもらえるのかしら？」

母親がおずおずと言い出した。奏太もそれに同調する。

「僕も会いたいな。兄さんをマジにさせた女神みたいな人」

二人が両脇から笑顔で迫ってきた。

「生まれたら、抱っこさせてくれるかしら。初孫なんですもの。一度くらいは」

「僕の甥（おい）か姪（めい）になるんだよね。えー、絶対に可愛いと思う。全力で可愛がるからさ、会わせてよね」

返事をしなければ離してくれそうにない。父親だけは絶対に悠斗に会わせたくないが、この二人ならばいいだろう。

「わかった。近いうちに会食をセッティングする」

「ありがとう」

母親がやっぱり目をキラキラさせるので、苦笑いするしかない。

「くれぐれも親父には内緒にしてくれよ」

「わかってる」

奏太と母親は笑顔で頷き、「楽しみね」「兄さんが結婚なんて」と二人でキャッキャとやりはじめる。こんな様子でいつまで父親に悟られずにいられるのかと、はなはだ疑問に思った。

その年の秋、悠斗は元気な男の子を産んだ。

月見里恭平と広美の再婚は世間を騒がせたが、その一人息子の結婚と出産は知られることなくひっそりと終わった。

男性オメガの出産は、おもに帝王切開になる。島崎はその日から三日間、休みを取った。

無事に生まれた子供はとても小さくて、最初、島崎は怖くて抱っこできなかった。

ふにゃふにゃしていてオモチャみたいな手の指に爪がついている。どうしていいかわからない。

「あの、小さすぎないですか？」

「標準ですよ」

看護師に笑われたが、島崎はとうとうその日、我が子を見つめることしかできなかった。ベッドに横たわった悠斗は呆れた顔をしていたが、島崎に怒ることはなかった。腹の傷が痛むと言う悠斗の手を握ったり、気を紛らせるためになにか話してくれと頼まれて、個室なのをいいことに株価の動きについてしゃべったりした。

出産当日は見舞いを遠慮してもらい、二人きりで過ごした。

翌日になってから、月見里夫妻と島崎の母親、弟が来てくれた。

全員が悠斗を労い、無垢な赤ん坊にメロメロになった。生まれたばかりなのに赤ん坊は目鼻立ちがはっきりしており、悠斗に似て可愛かった。

多忙な月見里は滞在わずか十五分だったが、目を潤ませて赤ん坊を抱っこした。その手つきは危なげなく、悠斗が幼い頃にきちんと育児をしていたことを窺わせた。

「もう名前は決めたのか？」

「瑞希はどうかと思っています」

「瑞希か。いい響きだ」

うんうんと月見里は頷き、島崎の命名になにも言わなかった。

子供の名前は生まれる前から悠斗と相談していた。妊娠中期に男児だと判明したので、悠斗は島崎の名前から一字を取ろうと言ったが、むしろ近親者の名前と文字がかぶらない方がいいと島崎は主張した。生まれてくる子は、きっと 柵 が多い人生になるだろう。島崎と悠斗がそうだったように。名前だけはせめて、だれからも自由でいてもらいたいという気持ちをこめたい。

島崎がそう話すと、悠斗は「わかった」と頷いてくれた。

「いやー、でも美人さんだな。これは将来が心配だ」

奏太が瑞希を見つめて思わずといった感じでこぼした言葉に、島崎は同意した。きっと幼児期から、モテてモテて大変なことになるだろう。

「そっちの意味でもボディガードが必要だな」

ただでさえ月見里家と島崎家の血をひく子供だ。誘拐や暴行といった脅威から守るために、いまから護衛プランを立てている。

「笑い事じゃないぞ。おまえもだ」

過保護だなと笑っている悠斗に、島崎は厳しい表情を向けた。

年初から休職している悠斗だが、産後半年をメドに仕事を再開する予定になっている。アルファと結ばれ、子供まで授かった悠斗は、きれいになった。有能なうえに美人度が上がっているのだ。島崎は悪い虫がつかないか、心配でならない。

「僕がなんだって言うの？」

「だれに言い寄られても無視しろよ。そのうえで全部俺に報告しろ」

「僕に言い寄る人なんていないと思う」

ないが、二人は夫婦らしくなってきたように思う。

「それはありがとう。大雅さんもカッコいいよ」

そうか、と島崎はちょっと照れる。三月に入籍したあと、悠斗の言葉からやっと丁寧語が取れた。月見里家からほど近い新居で暮らしはじめたのは五月中旬。まだ半年にも満たないが、二人は夫婦らしくなってきたように思う。

「あのね、派遣秘書として他の会社で働くならまだしも、僕はもうK&Sカンパニーに行くことが決まっているんだから、そういう心配は無駄だよ」

悠斗は長谷川オフィススタッフを辞めて、K&Sカンパニーの秘書室に引き抜かれることになった。しかし島崎の専属秘書にはならない。時短勤務となるからだ。

悠斗は長谷川オフィススタッフを辞めることについてかなり悩んでいたが、育児との両立を考えると実家の助けがあってもいままでどおりの働き方は無理があった。

島崎は長谷川にあらためて会いに行き、腹を割った話しあいのすえに和解している。以前の島崎ならば、わかりあえない人間は一定数いるものだと、さっさと諦めていただろう。けれど悠斗にとって大切な人ならば、自分にとっても大切な存在になる。悠斗と一生添い遂げるつもりなのだから。島崎のそうした意識改革を、悠斗はとても歓迎してくれた。

今後、子供は基本的に朝から夕方までは保育園に預ける。毎日の送迎は悠斗と島崎が担当するが、子供の体調不良や緊急時などは、両家の祖母が対応してくれることになっていた。

じつは一カ月ほど前に、島崎の父親に悠斗の出産予定がバレた。浮かれた母親と弟が、うっかり会話を聞かれたのだ。いつかどこかでバレるとは思っていたが、やはり母親と弟からだった。

島崎の元へ父親から何度も電話がかかってきたが無視した。出産を控えた悠斗に余計な心労をかけたくなかったし、島崎自身、勝手に口を出されたくなかったからだ。考え方や態度を改めないかぎり、これからも悠斗と子供に会わせるつもりはない。

「なにかあっても私たちがいるから大丈夫よ。任せてちょうだい」

瑞希を交代で抱っこしている広美と奈保子は、鼻息が荒い。二人とも張り切っていて、父親から子供を守るつもりでいるし、なんでもないときでも呼び出してくれて構わないと言ってくれている。

島崎と悠斗は顔を見あわせて苦笑した。

赤ん坊を中心とする和気藹々（わきあいあい）とした光景を眺め、島崎は「やはり護衛は必須だな」とひそかに呟く。大切な家族を何者にも傷つけられないようにするためには、自衛が必要だ。月見里は別れた妻にずっと護衛をつけていたという。島崎もそれを見習って、こっそりとおなじことをしようと決めた。

「大雅さん、一回、抱っこにチャレンジしてみようよ」

悠斗が言い出し、島崎はビクついた。立った状態では怖くて抱けないので、ベッドの横にあるソファに深く座り、奈保子にそっと膝の上に赤ん坊を乗せてもらった。

瑞希は驚くほど軽かった。しかもふにゃふにゃだ。もぞもぞと手足を動かしている。うっすらと目が開き、島崎を見つめてきた。生後二日目の赤ん坊はまだそれほど目が見えていないらしいが、視線があったような気がした。

胸の奥からなにかがぐわっと溢れてくる。熱くて大きななにかが。

守りたいと思った。この子を、一生かけて守っていきたい。この子のバース性なんてどうでもいい。大切な我が子だ。愛するつがいとともに育てていこう。

「どう？　可愛いでしょう」

「……可愛い」

ふっと笑みがこぼれた。瑞希も笑ったような顔をした。目の奥が湿ってきて泣きそうになったが、悠斗はともかく母親や弟の前で涙なんかこぼしてたまるかと、島崎は懸命に我慢したのだった。

おわり

あとがき

こんにちは、またははじめまして、名倉和希です。このたびは拙作「傲慢アルファと秘書の初恋」を手に取ってくださって、ありがとうございます。

私としては二作目になるオメガバースものです。タイトルそのまんまのシチュエーションではじまりますが、やっぱり名倉が書く話なので、最後はお約束のヘタレ攻めになってしまいます。

逃げられて追いかけまくり、受けの父親に暴言からの、土下座。そしてお腹の子が心配でセックスできないと引いちゃう。そこは気にせずガンガンやれよ、アルファなら。でもそんなヘタレ男を、きっと受けの悠斗は「可愛い」なんて思っちゃうのでしょう。心が広いな。

生まれた子はみんなに可愛がられてすくすくと育つでしょう。問題は頑固親父を地でいく島崎家のジジイですね。いまのところ唯一の孫ですから、なんとしてでも自分の手で正しい教育をほどこしたい、月見里家にとられてなるものか、島崎家の立派な跡取りにしたいと思うでしょう。警備の目をかいくぐり、孫にやっと会えた！　お祖父ちゃんだよ、とまずは菓子や玩具で懐柔しようとするも、逆に天使の笑顔で籠絡されメロメロ。新たな下僕のでき上がり――となりそう。

子供のバース性はまだわかりませんが、アルファだろうとオメガだろうと両親のいいところを受け継いでいるのではないかと思います。しかも圧倒的に金持ち。覇王アルファか魔性のオメガか。末恐ろしい――けれど楽しみ、といった感じですかね。

今回のイラストは秋吉しま先生にお願いしました。ありがとうございました。ひさしぶりの現代ものです。本ができ上がるのが楽しみです。

信州にもやっと秋が来ました。今年の夏は暑かったですね。来年はもっと暑いらしいです。夏が苦手なのでいまから怖いです。冬はどうなんでしょう。平年並みがいいです。

なにはともあれ、ハッピーBLで乗り切りましょうね！

それではまた、どこかでお会いしましょう。

名倉和希

名倉和希先生、秋吉しま先生へのお便り、
本作品に関するご意見、ご感想などは
〒101-8405
東京都千代田区神田三崎町2-18-11
二見書房　シャレード文庫
「傲慢アルファと秘書の初恋」係まで。

本作品は書き下ろしです

CHARADE BUNKO

傲慢アルファと秘書の初恋

2023年12月20日　初版発行

【著者】名倉和希

【発行所】株式会社二見書房
東京都千代田区神田三崎町2-18-11
電話　03(3515)2311[営業]
　　　03(3515)2313[編集]
振替　00170-4-2639
【印刷】株式会社 堀内印刷所
【製本】株式会社 村上製本所

落丁・乱丁本はお取り替えいたします。
定価は、カバーに表示してあります。

©Waki Nakura 2023,Printed In Japan

ISBN978-4-576-23136-5

https://charade.futami.co.jp/

今すぐ読みたいラブがある!

名倉和希の本

ああ……愛しい、何度でも、あなたなら抱ける

騎士王の気高き溺愛花嫁

イラスト＝れの子

そろそろ結婚しろと周囲に迫られていた国王アルベルトに花嫁候補として挙げられたのは、神の末裔の一族であり男性体でありながら子を産めるというミカ。その美しさに一目で心を奪われ、愛おしくて大事にしすぎるアルベルトと、アルベルトが好きすぎて素直になれないミカ。蜜月なのに少しずつすれ違って……?

今すぐ読みたいラブがある!

名倉和希の本

可愛い、可愛い、もう全部食べてしまいたい!

恋は青天の霹靂
～君は天使か!?～

イラスト＝白崎小夜

生真面目な佐和田が出会った天使は、喫茶店で働く青年・晴登。少しでもお近づきになりたくて、佐和田は足繁く喫茶店に通うことに。晴登もまた佐和田を心待ちにするようになっていた。互いを意識しながらも相手を眩く思うがゆえに少しずつしか距離を詰められなかった二人が、ついにデートをすることになり…!?

スタイリッシュ&スウィートな男たちの恋満載

名倉和希の本

ぺろっと食べてしまいたいくらいの子羊具合だ

恋のついでに御曹司

イラスト＝小路龍流

母子家庭の笙真は超お金持ちの父と暮らすことに。急に生活が変わってしまうことに躊躇っていた笙真だが、決め手はボディガード兼運転手の森下がたまらないほど好みだったからで……。どうにかして距離を縮めたいけれど、ほとんど恋愛経験がない笙真はうっかり恥ずかしいことを口走ってしまい——!?

今すぐ読みたいラブがある!

名倉和希の本

きのこの谷の、その向こう

俺もお前を知りたい。興味津々だ。いろいろと

イラスト＝小山田あみ

クマのような見た目の高坂に遭難したところを助けられた真佐人は、ずっと隠してきた下半身のヒミツを知られてしまう。そのヒミツを見て興味を掻き立てられたのか、高坂は突然ヤラしいクマに変身！真佐人は体験したことがないほどの気持ちいいことを味わわせられ、すっかりメロメロ状態に……。

今すぐ読みたいラブがある!

松幸かほの本

もう、俺を好きという認識にしておけ

不器用社長は愛を手放さない

松幸かほ 著　イラスト＝秋吉しま

元保育士だったことに加え、特撮ヒーローが好きだったことがきっかけで、自身が勤める会社の社長である郁之の息子・晶郁の世話をすることになった俊。近づきにくいと思っていたのに、ふとした瞬間に見せられる郁之の笑顔にドキドキしてしまう。しかも郁之は「君に惹かれている」と距離を縮めようとしてきて!?

今すぐ読みたいラブがある!
秀 香穂里の本

私はきみのことで頭がいっぱいなんだ

溺愛アルファは運命の番を逃さない

イラスト＝秋吉しま

気の合う仲間とのオンラインゲームが楽しみだった悠乃。オメガもアルファも関係ないゲームの世界で〝カイ〟という仲間に密かに想いを寄せていた。しかし、同僚の結婚披露宴でアルファの仁と出会い、相性の良いアルファがもたらす圧倒的な快感を知る。本能的に惹かれることと恋心の狭間で悩む悠乃だが…。

今すぐ読みたいラブがある!

稲月しんの本

ヤクザからの愛の指輪は永久に不滅です…？

比呂が待てと言うから、待っている。

イラスト＝秋吉しま

柏木の結婚ムーブが盛り上がる中、海外赴任中の比呂の両親が急遽帰国する。危険な男・柏木浩二を両親に紹介する無謀なミッション！　穏便に済ませたい比呂だったが元銀行員の父は柏木の悪名を知っていた。動揺する比呂は大切な指輪をなくしてしまい…。愛は重くなるばかり、執着系ヤクザとの爆走ラブ！

今すぐ読みたいラブがある!

稲月しんの本

キャリア管理官はキスを待てない

俺のだ

イラスト＝金井桂

連続殺人が疑われている事件の捜査本部が立った。交通課勤務・立浪香寿巡査は、本庁からやってきた木浦建城管理官の「臨時運転手という名の専属雑用係」として指名を受けるはめに。意地悪わがまま上司かと思えば、事件解決のため寝食を忘れ没頭する謎の笑い上戸で…。振り回されっぱなしでパンク寸前!?

今すぐ読みたいラブがある!

シャレード文庫最新刊

愛してる……もう二度と、俺から離れないで

貴公子アルファと愛されオメガ

～運命の恋と秘密の双子～

釘宮つかさ 著　イラスト＝八千代ハル

別れた最愛の恋人、ディランと再会した凛音。七年前、詩の授業を通じてしだいに惹かれ合ったふたり。けれど凛音はベータからオメガに変転したうえ、妊娠が難しい体だとディランに伝えられないままだった。それでも同棲の約束をして、幸せの絶頂だったある日、自身の妊娠と驚愕の事実を知ってしまい――。